내가 뭐 어때서

내가
뭐 어때서

황선만 소설집

삶창

차 례

준법정신

요즘은 흙냄새가 더없이 좋다. 내가 평생 땅을 파고 흙을 일구며 살아왔지만 이렇게 흙냄새가 상큼하기는 처음이다. 어제는 새벽에 벌떡 일어나 밭으로 갔다. 아직 동이 트지 않았지만 덜덜거리는 오토바이 불빛이면 어디든 못 갈 데가 없다. 밭 한가운데에 서서 흙을 한 움큼 쥐고 냄새를 맡았다. 오랫동안 농사를 지어 부슬부슬해진 데다 부엽토가 적당히 섞인 흙이어서 구수할 정도다. 아침밥 대신 먹으라 해도 한 바가지는 먹을 수 있을 것만 같았다. 한참을 그렇게 서성이다 발밑을 보니 겨울을 이겨내고 듬성듬성 자리를 잡은 냉이들이 보였다. 어려운 시절을 이겨내고 지금 이렇게 의젓하게 토지의 주인이 된 나를 보는 것 같았다. 애들 엄마가 살아 있다면 당장 바구니와 과도를 들고 캐러 나섰을 것이다. 아니, 지금 이렇게 새벽녘 밭 구경을 함께하고 있을 것이 틀림없다. 평생 소작농으로, 이 집 저 집 날품팔이로 고생만 하다 일찍 세상을 떠난 애들 엄마를 생각하니 마음 한구석이 짠하다.

며칠 전 텔레비전에 리포터라는 젊은 여자가 나와 냉이를 캐면서 "와— 흙냄새를 맡으니 건강해지는 느낌이에요" 어쩌구 하면서 수선을 떨었다. 농사는 쥐뿔도 모르는 것들이 꼭 봄이 되면 들을 찾아다니면서 흙 내음이 어떠니 대지의 기운이 어떠니 떠들썩거린다. 이제 언 땅이 풀리고 새봄이 찾아왔으니 방송국마다 한참 동안 봄 타령을 할 것이다. 사실상 내게는 봄이 벌써 와 있었다. 지난겨울은 추운 줄도 몰랐다. 특별히 할 일이 없는데도 하루도 빼놓지 않고 이 밭에 들렀다. 어쩌면 하절기보다도 훨씬 자주 왔다 갔다 했다. 시간이 여의치 않으면 오토바이를 타고 밭이 보이는 둑방길이라도 지나가곤 했다. 이 밭에 작물을 심고 거둔 지는 이십 년이 넘었지만 지난 가을에 당당히 매입을 하고 나니 느낌이 너무 달라졌던 것이다.

무려 일천 평이나 되는 이 밭의 역사는 내가 소상히 알고 있다. 동네 최고 부자였던 최 씨 아저씨 소유였는데 연세가 들어서 일손을 놓게 되었을 때부터 내가 소작을 부치기 시작했고, 그분이 돌아가시자 어떤 수산업 하는 젊은 사람 소유가 되었는데 애초에 농사에는 관심이 없는 사람이었다. 자연스럽게 내가 계속 경작을 하게 되었고 그 수산업자는 소작료도 받지 않았으니 내 땅이나 다름없었다. 하지만 그 땅이 언제 또 다른 사람에게 넘어갈지 모른다는 불안한 마음이 남아 있었다. 그래서 연말이면 혹시 주인에게서 땅을 팔았다는 전화라도 오면 어쩌지 하는 생각이 들곤 했었다. 코빼기도 볼 수 없지만 법적으로는 엄연히 수산업자의 소유이니 어쩌겠는가. 그래서 나는 시내에서 장사하는 아들에게 "혹시라도 해산물을 좀 많이 살 일이 있으면 해수욕장에 있는 그 수산집에 들르라"고 일러두곤 했었다. 사람 간의 관계를 어찌 알겠는가. 더구나 나는 그 수산업자의 덕을 톡톡히 보고 있으니 가끔은 인사치레라도 할 필요가 있는 것 아니겠는가.

그런데 지난가을, 밭에서 서리태 수확을 하고 있을 때였다. 수산업자가 불쑥 찾아왔다. 낯빛이 약간 상기되어 있었다.

"어르신! 제 밭을 사시죠. 제가 밭을 가지고 있어봤자 농사를 짓겠습니까, 개발을 하겠습니까? 이 밭은 농사 외에는 아무것도 못 하는 땅이에요."

갑자기 그런 제안을 하는 이유를 가만히 들어보았더니, 급전이 필요하다는 거였다. 사업이 잘돼서 다른 지역에 있는 가게를 인수하려 하는데 돈이 부족하다는 것이었다. 나는 퍼뜩 아들 녀석이 떠올랐고 순간 욕심이 났지만 내색하지 않은 채 눙쳐 말했다.

"아, 이 맹지를 누가 산댜! 저 옆 이백 평 내 땅도 간신히 농사짓고 있구먼. 맹지 일천 평을 사서 어느 세월에 빛을 본단 말이여?"

"그러니까요. 농사를 실제로 지을 분이 사시는 게 저도 마음이 편해요. 어르신이 오랫동안 가꿔오신 땅이니 이 땅에 대해서는 누구보다도 잘 아시잖아요. 더도 말고 제가 10년 전에 매입했던 금액에 세금만 더해 주세요."

수산집 사장은 어지간히 급한 듯했다. 마음으로는 당장 수락하고 싶었지만 거래는 그렇게 해서는 안 되는 법이었다. 물론 아들에게 물어봐야 하겠지만, 아들이 이태 전에 사둔 둑방 길 논 두 마지기와 연결한다면 맹지를 벗어날 수 있으니 이건 횡재에 가까웠다. "아들과 상의해 보겠다"면서 짐짓게 돌려보냈는데, 뒤돌아서기 무섭게 가슴이 벌렁거렸다. 땅이 일천 평이었다. 내가 평생 내 것으로 일군 것이라 해야 집에 붙은 텃밭을 합해서 겨우 삼백 평 남짓 아닌가. 수산집 사장은 둑방 길 논 두 마지기가 아들 땅이라는 사실을 알 턱이 없으니 거래는 더욱 수월할 터였다.

나는 아들에게 당장 전화를 넣었다. 아들도 이미 잘 알고 있는 땅인데다 논 두 마지기와 연결되면 맹지를 벗어나니 가만히 앉아서 돈 버는 일이었다. 거래는 일사천리로 진행됐고, 세금은 각자 알아서 내는 것으로 하고 십 년 전 거래했던 평당 구만 원에 아들 이름으로 매입했다. 윗동네에 전원주택 단지가 조성되면서 땅값이 올랐으니 적어도 두 배는 올려 받을 수 있는 땅을 진입로가 없는 맹지라는 이유로 거저 얻은 것이다. 이제는 아들 논 사백 평에 새로 얻은 밭 천 평 그리고 내 밭 이백 평까지 제법 큼지막한 토지가 내 것이 된 것이다. 일이 그렇게 흘러갔으니 지난겨울은 내 평생을 통틀어서 가장 따스하고 뿌듯한 계절이었다. 내 땅을 내 맘대로 밟으면서 흙내음을 맡는 것이 이토록 흐뭇할 줄은 몰랐다. 내가 평생 소작농으로 생을 끝내는가 보다 했는데 나이 칠순 넘어서 호강하게 될 줄은 미처 몰랐다. 넓은 땅 가진 자가 느끼는 흙냄새를 행복이라고 불러도 될 것만 같았다.

밭을 서성이다 보니 어느덧 날이 밝아왔다. 언제 보아도 어둠이 물러가는 모습은 신선하다. 하늘빛이 바뀌는가 하면 멀리 있는 산과 하늘의 경계에 진한 선이 그어지다가 불현듯 세상이 실체를 드러낸다. 마을 가옥들이 하나둘 모습을 보이기 시작했다. 내 땅과 맞닿은 슬라브집, 그 옆에 연결된 측백나무집, 마을 입구에 제법 총총 들어선 주택들이 보였다. 그런데 밭 입구 쪽을 보니 불현듯 부아가 치밀었다. 동네 사람들이 통행로로 사용하고 있는 내 땅 입구가 보였기 때문이었다. 특히 슬라브집은 아예 그쪽을 자기 주차장으로도 사용하고 있었다. 땅 모양이 참 묘하게도 울퉁불퉁해서 그러기도 하겠지만 내 땅이 그렇게 쓰이는 것은 자꾸만 눈에 거슬렸다. 나는 밭 입구에 있는 슬라브집을 향했다. 오래전, 농가 주택이 유행하던 당시에 옥상을 따로 사용할 목적으로 지은 주택이었다. 인심 좋기로 유명했던 그 어르신이 세상을 떠난 지도 십여 년은 됐지 싶다. 아들 소유로 되어 있는 슬라브집에는 요양차 도시에서 내려왔다는 어떤 이가 세 들어 살고 있었다. 환갑쯤 됐는데 비쩍 마르고 얼굴에 핏기가 없어서 중늙은이로 보이는 사람이었다. 마침 나와서 텃밭을 둘러보고 있었다. 나는 작심을 하고 그에게 다가갔다.

"이제는 저도 어쩔 수 없어유. 저번에 이야기했듯이 길을 막을 수밖에 없겠어유. 엄연한 내 땅인데 마냥 묵혀둔 채 동네 사람들 통행로로 남겨둘 수는 없는 일 아닌감유. 내일은 어떻게든 해볼 거니까 그렇게 아슈."

"아니, 아저씨도 참. 멀쩡히 같이 사용하던 길을 막는다는 게 무슨 소리래요. 그리고 저는 세 든 사람이니까 그런 말씀

일랑 집주인에게 직접 하셔요. 저는 몰라요."

"어쨌든 나는 말했슈. 아무리 생각해봐두 길로 들어간 땅이 오십 평은 되는데 당체 아까워유."

다음날, 나는 아침을 먹기 바쁘게 오토바이를 타고 밭으로 갔다. 벌써 큰 돌덩이를 실은 트럭이 도착해 있었다. 포클레인도 한쪽에 대기하고 있었다. 나는 측량 말뚝을 비닐 끈으로 연결해서 풀리지 않도록 꽁꽁 묶었다. 그리고 기사 양반들에게 일렀다.

"아, 그 돌이 저 끈을 벗어나지만 않도록 갖다 놔유. 저 끈 밖은 내 땅이 아니니까 넘어가면 안 돼유."

덤프트럭 기사와 포클레인 기사는 솜씨가 보통이 아니었다. 빨간색 비닐 끈을 거의 건드리지 않고도 정확히 맞춰서 경계를 따라 돌을 쌓아 나갔다. 사람의 힘으로는 절대로 움직일 수 없는 무거운 돌덩이었다.

어디서 소문을 들었는지 사람들이 하나둘 모여들어 이미 왜 그러는지 알고 있다는 듯이 팔짱을 낀 채 구경하고 있었다. 뒤늦게 나타난 노인회장이 손가락질을 하면서 나를 불렀다. 뭐라고 소리를 쳤는데 덤프트럭과 포클레인이 내뿜는 소리 때문에 알아들을 수 없었다.

"아, 이 사람 김정수 씨! 멀쩡한 길을 그렇게 막으면 어떻게 해! 이 길은 내가 어렸을 때에도 사람들이 지나다니던 길이라구. 지금은 다들 떠나서 저 윗집과 이 슬라브집만 사용하지만, 아니지, 저 위 논에 농사지으러 드나드는 사람들은 또 어쩌라구!"

"아니, 형님! 이거 제 땅이에유. 아, 내 땅 내 맘대로 허는데 왜 그러신대유."

"뭐라구! 내 땅 내 맘대로 헌다구? 이 사람 큰일 낼 사람이네. 아, 자네두 저번에 이 길을 저 아랫집에서 막네 마네 헐 때 뭐라구 혔남? 땅 가지구 우세 어지간허다면서 쌍지팡이 들었잖은감?"

"아, 그때 허구 지금은 또 다르잖어유. 과거는 과거구 현재는 현재란 말이지유. 상황이 달라졌지유."

"상황이 뭐 어째? 자네 땅 되구 나니까 맘이 달라진다면, 아, 이 땅 살 때는 여기가 길로 쓰이는 걸 모르고 있었남? 참나, 이 사람 고약허네. 세상에 남의 땅 안 밟고 다니는 사람이 어디 있어! 아, 빨리 원상복구 혀! 돌덩이들 다시 들어내라구!"

"아니, 형님! 해두 해두 너무 허시네유. 하여튼 형님이 상관허실 바 아니니께 저리 가셔유. 아, 씨팔!"

"뭐라구! 이 사람이 보자 보자 허니께."

노인회장이 핏대를 세우면서 팔을 걷어붙이자 사람들이 달려들어 말렸다. 노인회장은 화가 어지간히 치밀어오르는 모양이었다. 나는 도대체 이해할 수가 없었다. 자기 일도 아닌데, 자기 논이 저 위에 있는 것도 아니고 이곳을 지날 일도 거의 없는 양반이 어찌 저렇게 화를 내는지 도무지 알 수 없었다. 나도 화를 삭히고 있는데 어디선가 삑, 하고 피리 소리 같은 고함이 터져 나왔다. 슬라브집 주인의 아내였다. 몇 번 보지는 못했지만, 결혼식 때부터 얼굴을 봤고 시댁에 들르면 간혹 얼굴을 스쳤기 때문에 한눈에 알 수 있었다.

"아저씨! 왜 길을 막아요? 우린 어떻게 다니라구요! 함께 쓰던 멀쩡한 길을 왜 막아요?"

"허, 아줌마! 여기가 길인감유? 여기는 지적도에 엄연히 나와 있는 내 밭이에요."

"아니, 그동안 아무 탈 없이 잘 써왔잖아요! 제가 시집오기 훨씬 전부터 동네 사람들이 같이 쓰던 길이라구요!"

"참나, 원. 물르는 소리 허덜 말어. 지적도가 우선이라구! 내가 다 측량혀서 저기 말뚝 박아놓은 거 안 보여유?"

입을 꼭 다물고 팔짱을 낀 채 한 켠에 서 있던 세 든 사람이 나섰다.

"아주머니, 저 사람 참 어지간한 사람이네요. 그냥 확 경찰에 신고해버리서요."

"뭐라구! 경찰? 불를라면 불러! 내 땅 내 맘대로 허는디 누가 뭐라구 혀! 경찰 아니라 대통령이라도 불러보라구! 나는 엄연히 소유권을 행사허는 거라구! 법에 보문 국가는 개인의 재산권을 보호해주게 돼 있어! 어디서 함부로 경찰을 꺼내!"

"아니, 그럼 나는 뭐 하늘을 날아다니란 말이에요? 차는 고사하고 걸어서 들어올 통로도 없잖아요! 사람이 셋방 산다고 무시하나. 나도 서울에 집이 있는 사람이에요. 이런 땅 부스러기는 하나도 부럽지 않다구요! 세상에, 쥐꼬리만도 못 한 땅을 가지고 뭔 위세예요. 아주머니! 얼른 경찰 부르서요. 이건 엄연히 교통방해죄란 말이에요!"

집주인 아줌마가 핸드폰으로 전화를 걸려고 하자, 노인회장이 나서서 말렸다. 동네 시끄럽게 하지 말라고. 김정수 씨와 이야기 좀 더 해보자면서 중재하려 들었다. 나는 순간적으로 뜨끔해졌다. 정말로 경찰이 들이닥치면 일이 피곤해질 것만 같았다. 그래서 슬그머니 포클레인 뒤편으로 가서 전화를 걸었다. 도청 건설과 공무원으로 있는 며느리였다.

"에미야! 여기 사람들이 경찰을 부를려고 그런다. 진짜로 경찰이 오면 어쩐다냐!"

"아버님! 걱정 마셔요. 거긴 길이 아니고 밭이구요, 아버님은 사유재산의 재산권 행사를 하는 것이니까 경찰도 뭐라 할 수 없어요. 그게 법이에요. 법대로 하라고 하시면 돼요."

"그래, 알았다. 나는 네 말만 믿는다."

그렇게 서로 옥신각신하고 눈치를 보는 사이에 포클레인 기사와 덤프트럭 기사가 일을 끝마쳤다면서 인사를 했다. 정말 그 큰 돌을 아주 가지런하게 선 따라 정렬해놓은 것이다. 한 시간 남짓 지난 것 같은데 깔끔하게 경계석을 쌓은 것을 보니 장비의 힘은 참으로 대단했다. 그런데 어제까지만 해도 차량이 지나다녀서 맨질맨질한 땅 위에 돌덩이가 버티고 있으니 좀 생뚱맞아 보이기는 했다. 하지만 어쩌랴. 이렇게 하지 않는다면 내 땅을 찾을 수 없는 일이다. 조만간 밭농사에 좋은 흙을 가져와 경계석 안쪽으로 잘 다져 넣으면 어엿한 밭이 될 것이다. 동네 사람들 눈빛이 좀 거시기해서 약간 신경이 쓰이지만 나는 법대로 하는 것이다. 법을 잘 아는 공무원 며느리 말만 따르면 별문제 없을 것이다. 가만 생각해보니 내가 며느리는 참 잘 얻었지 싶다. 꼬박꼬박 월급 타오지, 애들 잘 키우지, 게다가 아들 녀석 가게도 잘 되지, 난 말년 복이 좋은 게 틀림없다. 장비 기사들이 떠나가고 조용해지자 노인회장이 나를 불렀다. 하지만 나는 할 말 없다며 손사래를 치면서 얼른 그 자리를 벗어났다.

그 후 며칠 동안 동네가 벌집 쑤셔놓은 듯했다. 노인회장을 중심으로 부녀회장, 전 이장을 비롯해 반장까지도 찾아왔다. 지금 이장을 보는 이는 어쩐 일인지 보이지 않았다. 평생 동안 아무 탈 없이 함께 사용하던 길을 이렇게 막는 것은 인간적 도리가 아니라든가, 얼마 더 못 살고 세상 뜰 텐데 우리가 젊은 사람들에게 모범은 보이지 못할 망정 이런 볼썽사나운 모습을 보여야 하겠냐는 식으로 설득하는 것이었다. 그러나 나는 한 발짝도 물러서지 않았다. 결국은 도청 공무원인 며느리가 법리 검토까지 끝냈다는 말까지도 했지만 동네 사람들 또한 수긍하지 않았다. 급기야 내가 빈손으로 이 동네에 이사 오던 사십 년 전에 도움을 받았던 일까지도 꺼내들면서 이젠 내가 양보하라고도 했지만 세상은 이미 달라지지 않았는가. 솔직히 말해서 요즘은 동네 사람들과 함께 뭔가를 할 일도 거의 없다. 함께 품앗이를 하는 것도 아니고, 마을 우물을 같이 사용하는 것도 아니지 않은가. 각자 사는 것이다. 특히 마을 회관 뒤쪽 전원주택 단지에 새로 이사 온 사람들은 우리와 서로 인사도 나누지 않으며 살지만 아무 탈이 없다. 마을 공동체니 함께 사느니 하는 말은 이제 먼 옛날 이야기일 뿐이다.

힘없는 자들이, 돈과 권력을 갖지 못한 자들이 쏟아내는 하소연에 불과할 뿐이다.

　나는 기왕 이렇게 되었으니 일을 서두르기로 했다. 이곳저곳 수소문해서 좋은 흙을 찾았더니 가까운 공사장에서 마사토가 나왔다며 연락이 왔다. 그래서 내일 당장 가져오라 했다. 그리고 슬라브집 세 든 사람을 찾아가서 이 사실을 알렸다. 지금까지는 그래도 걸어서 그럭저럭 집을 드나들었지만 이젠 어림도 없다고, 어차피 당신은 잠시 머무는 사람이니 잘 선택해야 할 것이라고, 내가 그래도 인간적으로 미안한 마음이 있어서 미리 알린다고 인심 쓰듯 언질을 주었다. 당신이야 툭툭 털고 다른 곳으로 이사 가면 그만이지만 이 사실을 주인에게 전달하라는 뜻이었다. 이렇게까지 했는데 아직까지 아무런 말도 없는 집주인이 괘씸한 마음도 들었다. 그래서 내가 지금 공연히 시위하는 것이 아니라는 것을, 나는 진짜 법대로 소유권 행사를 하는 것이라는 사실을 확실히 보여줄 참이다.

　아침 일찍 현장에 나갔더니 측백나무집 쪽에 세워진 커다란 트럭으로 사람들이 짐을 나르고 있었다. 셋방 든 사람이 이사를 하고 있었다. 그는 나를 보더니 인사는 고사하고 날카로운 눈빛으로 쏘아볼 뿐이었다. 큰 돌덩이 때문에 집 마당에 차량을 들이지 못하고 등짐을 져서 이삿짐을 나르고 있었다.

그러나 별다른 도리가 없었다. 내가 그 사람을 위해서 저 무거운 돌을 치울 수도 없는 일이었다. 더구나 잠시 후면 흙을 가득 실은 덤프트럭이 들어올 것이다. 그런데 슬라브집 옥상을 보니 집주인 부부가 보였다. 세상 떠난 어르신을 꼭 닮은 집주인 민호는 멀리서도 한눈에 알아볼 수 있었다. 아마 나보다도 먼저 나와 있었던가 보다. 아까 내가 오토바이 타고 오는 모습을 먼발치에서부터 계속 지켜본 듯했다. 중학교 교감 선생이 됐다고 들었는데 어느덧 중후해진 데다 똑똑하고 안정적으로 보이는 외모가 왠지 무게감을 주었다. 나처럼 평생 농투성이로 살아온 사람이나, 내 아들처럼 시내에서 장사만 해온 사람에게서는 느낄 수 없는 어떤 위압감도 있었다.

나는 얼른 아들에게 전화를 걸었다.

"여기로 빨리 와줘야겠다. 오늘은 뭔가 결판을 내야 하겠어. 제까짓 게 별수 있겠냐? 여기만 막으면 슬라브집은 꼼짝 마라야. 저쪽에서도 뭔가 준비를 한 것 같아. 얼른 와!"

전화를 마치기 무섭게 민호가 다가와 깍듯이 인사를 했다.

"아저씨! 저희 아버님과 관계를 생각해서라도 양보해주시면 안 되겠어요? 아버님 생전에 아저씨께서 아버님을 참 좋아하셨잖아요. 좋은 방법을 같이 찾아보시죠. 그리고 이 집은 저희 부모님 유산이에요. 요양병원에 계신 어머님께서 회복

되시면 돌아오셔야 할 집이구요."

"나두 사정은 알 만해. 그런디 어특 헌다나? 나두 내 재산을 지켜야 허지 안 컷어?"

"아이, 아저씨두! 칠 년 전에 저 측백나무집에서 길을 막는다며 야단칠 때 우리가 같이 대응했던 일도 있는데 지금은 또 이렇게 하신다면 세상 사람들이 뭐라 하겠어요?"

칠 년 전 일이란 서울에 산다는 전 주인 이야기다. 지금 내 땅으로 가려면 측백나무집 앞을 지나야만 하는데 전 주인이 길을 막으려 한 사건이었다. 그때 나와 민호, 그리고 저 위쪽 논 주인들이 모여 읍소도 하고 소리도 버럭버럭 지르면서 주인을 설득했던 적이 있었다. 그때 우리는 시골 인심 다 죽었다고, 우리 마을도 이제 사람 살기 어렵게 생겼다고, 심지어는 내가 너무 오래 산 탓이라면서 슬퍼하는 보습을 보였었다. 그래서였는지, 협상에 앞장섰던 노인회장과 삼겹살에 소주 한잔하는 것으로 일단락된 일이 있었다. 하지만 지금은 상황이 달라지지 않았는가. 나는 아들 논 두 마지기를 통하면 둑방길로 바로 길을 낼 수 있으니 이곳을 막는다 한들 내가 지나다니는 데 아무런 어려움이 없다.

"이봐, 민호! 상황이 달라졌어. 자넨 교감 선생님까지 허면서 그렇게 파악이 안 되남? 자네 사정도 있겠지만 내 입장도 있다구. 자네 봐준다구 내 땅을 버릴 수는 없는 법 아닌감?"

조곤조곤 이야기를 하는데 집채만 한 덤프트럭이 들어와서 차량 소리를 내는 바람에 대화를 이어갈 수가 없었다. 덩치만 큼이나 소리도 참 요란했다. 나는 얼른 뛰어가서 여기에 부으라고, 이 자리에 잘 맞춰달라고 손짓 발짓으로 이야기하는데 덤프트럭 기사가 내 말을 듣는지 안 듣는지 알 수 없었다. 그저 고개를 끄덕이는 듯하더니 짐칸을 번쩍 들어올렸다. 뽀얀 먼지를 일으키면서 흙이 쏟아지는데 금방 매끈하던 길바닥 한쪽이 사라졌다. 곧 다음 덤프트럭이 후진하면서 다가왔다.

그때였다. 민호가 갑자기 소리를 지르면서 트럭을 가로막았다.

"그냥 가세욧! 여기는 길입니다! 여기에 흙을 부으면 기사님도 책임을 지서야 합니다. 어서 돌아가세요!"

민호는 교감 선생의 체면을 던져버린 듯했다. 구두 속에 흙이 들어가는 것도 아랑곳없이 이미 쏟아진 흙 위에 올라가서 시위하듯 트럭을 막아서는 것 아닌가. 게다가 소리를 고래고래 질러대는 것이었다. 그때였다. 쏜살같이 경찰차가 들이닥쳤다. 어리둥절해하던 덤프트럭 운전수가 시동을 끄고 운전석에서 내려왔다. 민호의 아내가 112를 불렀는지 경찰은 맨먼저 민호의 아내를 찾았다. 그러더니 대뜸 내게 다가왔다.

아니, 아들 녀석은 왜 안 오는 것인지 갑갑해졌다. 나는 재빨리 아들에게 전화를 걸었다. 아들은 "예, 예, 다 왔어요. 걱정마셔요"라면서 비실거릴 뿐이었다. 경찰은 수첩을 꺼내어 이름과 전화번호부터 요구했다. 그러더니, "아저씨! 이거 도로교통법 위반인 거 아시죠? 이러시면 안 됩니다!" 하는 것 아닌가.

"왜 안 된대유? 내 땅 내 맘대로 허는디 누가 뭐라구 헌대유? 아, 대한민국 지적도며 등기부등본에 다 써 있단 말유."

"아, 근데 아저씨 땅 맞죠?"

"아들 꺼니까 내 꺼나 진배읎지유."

"예? 아들은 어디 있어요?"

언제 나타났는지 아들 녀석이 털이 뽀얀 강아지 한 마리를 안고 저쪽에서 배시시 웃으며 느릿느릿 걸어오고 있었다. 경찰이 아들을 향해 섰다.

"이 땅 주인분 맞죠? 지금 도로교통법 위반하고 계십니다!"

아들은 여전히 비실비실 웃으면서 별말이 없더니 경찰을 정면으로 바라봤다.

"어디서 나오셨어요? 어느 파출소에서 오셨냐구요! 그리고 직위와 성함을 알려주시구요. 이거 국민으로서 당연히 요구할 수 있는 겁니다."

약간 당황한 듯한 경찰이 자신의 소속을 말했다. 아들은 전혀 기죽은 모습이 아니었다. 어쩌면 경찰보다 우위에 있는 듯 보이기도 했다. 역시 사업하면서 세상 물정을 많이 깨우친 듯했다.

"김 경사님! 잘 알고 말씀하셔야 합니다. 잘못되면 김 경사님이 책임지셔야 해요. 여기 이 땅은 도로가 아니에요. 엄연히 밭 전, 전이라구요. 지적도를 한번 확인해 보셔요. 밭에도 도로교통법을 적용합니까?"

"예? 뭐라구요? 밭이요?"

"예. 밭 전, 전이요. 제 밭에 고구마라도 심어 먹으려고 그럽니다. 이거 제 명함인데 궁금하면 찾아오세요. 제가 지적도랑 등기부등본 보여드릴게요. 제 가게에 모두 있어요. 그런데 혹시 강아지나 고양이 키우셔요? 요즘은 사람보다 반려동물이 더 좋아요. 제가 그 유명한 '강아지와 고양이'라는 애완용품점 운영하거든요."

아들은 그 순간에도 가게 홍보를 하고 있었다. 지금 이 일은 아무것도 아니라는 듯이, 마치 다른 사람 문제를 이야기하는 듯한 대꾸였다. 내 아들이지만 참으로 배포가 있어 보였다. 저렇게 살아왔으니 돈을 모으는 거라는 생각이 들었다. 내가 아무것도 물려준 것이 없을 뿐만 아니라, 대학도 보내지 못했는데 저렇게 당당히 자리를 잡고 사는 모습을 보니 감회가 새로워졌다. 며느리는 또 어떤가. 도청 건설과 공무원으로 월급 꼬박꼬박 타는 것 외에도 생기는 것이 많은 것 같았다. 얼마 전에는 도청 근처에 아파트 한 채를 또 샀다고 하니 아들이나 며느리나 재주꾼들 같다.

옆에서 보다 못 한 젊은 여자 경찰이 읍소하듯 말했으나 아들은 꿈쩍도 하지 않았다. "법대로 해보세요. 내가 무슨 불법을 저질렀는지 밝혀보세요" 하면서 여전히 웃음을 흘릴 뿐이었다. 품에 안겨 있던 강아지가 뛰쳐나가 말뚝을 이은 빨간 끈을 이빨로 잡아당겨서 잘라내더니 물고 다니는 바람에 사람들이 그 끈을 피하느라 펄쩍펄쩍 움직이는데도 아들은 여유로웠다. 내가 "저 강아지 좀 어떻게 해봐"라고 말했지만 "끈이야 다시 묶으면 돼요, 아버지! 그냥 두셔요. 그 아이도 자유롭게 돌아다니고 싶은 거라구요. 저게 그래 보여도 이백만 원이 넘어요."

잠시 후 군청에서도 사람이 왔고, 면사무소에서도 나왔지만 별 소용이 없었다. 당장 어떻게 물리력을 행사할 수는 없는 듯했다. 오히려 잘해보라고, 이웃끼리 협의를 잘해보라는 식의 훈수 같은 말을 던지는 게 다였다. 아들은 그걸 다 알고 있는 듯했다. 경찰도, 군청이나 면사무소 공무원들도 어쩔 수 없다는 것을 이미 확실히 파악하고 있지 싶었다. 어쩌면 도청에 다니는 며느리와 저 공무원들이 이미 이야기를 나눴는지도 모를 일이었다. 나도 이제는 여유가 생겼다. 아들 녀석이 참으로 대견스러워 보였다. 공무원들의 전화를 받았는지 마을 이장까지 왔지만 그 사람은 강 건너 불구경하듯 아무 말 없이 한 바퀴 둘러보더니 돌아섰다. 역시 이장이어서 현재의 법을 잘 알고 있는 듯 보였다.

하지만 한편으로는 낭패였다. 집주인 민호가 시위하듯 덤프트럭 뒤에 붙박혀서 계속 노려본 탓에 겁을 먹었는지 귀찮아졌는지, 아니면 복잡한 일에 섞이지 싫어졌는지 덤프트럭 기사가 그냥 가버린 것 아닌가. 으름장을 놓던 경찰이 돌아가고, 왔다 갔다 하던 군청과 면사무소 공무원들도 돌아가자 이제 주위가 조용해졌다. 언제 이삿짐을 뺐는지 셋집 늙은이도 보이지 않았다. 많이 지친 듯한 집주인 민호가 다가왔다.

"아저씨! 이 땅 제게 파셔요. 제가 살게요. 아저씨는 이 삐뚤삐뚤하고 길쭉하게 생긴 땅 별로 쓸모가 없잖아요. 여기에 고구마 심어봤자 소득이 얼마나 되겠어요? 그냥 필요한 사람에게 주시지요."

"하, 이 사람! 내가 뭐 땅 팔아먹을려고 그러는 줄 아는가 베? 나 이 땅 팔 생각 없어!"

"아저씨! 그러지 마시고 제게 파시죠. 솔직히 이 모양으로 생긴 쪼가리 땅을 어디에 써먹겠어요? 얼마나 드리면 될까요?"

"이 사람, 그런 뜻 아니라니까 자꾸 이러네. 정 그렇다면 구십만 원씩 주게!"

"예? 열 배 값을 달라구요? 아이, 그건 너무하시는 거죠?"

"너무 헌다구? 나는 팔 생각이 없다 그 말이여! 차라리 자네 집을 내게 팔면 어뗘? 나야 저쪽 아들네 논 방향으로 길을 내면 되지 안 컸남?"

"어찌 됐든, 이 길을 제게 파시는 것 한번 진지하게 생각해 주서요."

슬라브집을 뒤로한 채 아들과 논밭을 천천히 걸었다. 모두 천육백 평이니 한참 거리였다. 아들이 말했다.

"결국 어쩌겠어요. 저 슬라브집은 이제 누구도 세 들어오기 어려울 테고 이제 빈집 되는 거지유. 결국 우리에게 올 거에요. 그럼 우리는 이쪽으로 길을 번듯하게 내면 되구요. 자연스럽게 땅값이며 집값이며 서너 배는 뛰는 거지요."

"너는 참 머리도 잘 돌아가는 것 같여. 식구랑 둘이 손발도 잘 맞구 말여. 허허. 민호 저 멍청한 녀석 말이야. 공부만 했지, 법이나 세상 물정은 어지간히 물러."

잠시 후 핸드폰이 쩌렁쩌렁 울려댔다. 노인회장이었다. 당장 보자는 것이다. 나는 오토바이를 타고 마을 회관으로 갔다. 노인회장과 전 이장이 함께 있었다.

"자네 정말 그렇게 막갈 텐가. 동네 부끄러워서 못 살겠네. 그 입구 땅 말일세. 삼십만 원에 팔게. 아까 민호한테 구십 불렀다던데 그건 솔직한 심정이 아닐 테구 말이여. 어떤가? 서로 조금씩만 양보허면 가능허지 안 컸남?"

"아, 저는 솔직히 팔 생각이 읎네유. 천 평 딱 떨어지는 데에서 오십 평을 잘라 내면 지붕에 붙은 기왓장 귀퉁이가 깨진 것 같지 안 컸슈? 차라리 민호한테 그 집을 제게 팔라고 이야기 전해보시죠. 솔직히 제가 사지 않는다면 누가 사겄슈. 집을 저렇게 계속 비워둔다면 집은 빠르게 낡아갈 테구 값은 더 떨어지겄쥬."

"허허, 이 사람. 꿍꿍이가 있었구먼 그려. 어찌 그런 머리는 돌리구 그런댜. 그건 남의 재산 강탈허는 거여, 이 사람아!"

그런데 이틀쯤 지나자 노인회장에게서 연락이 왔다.

"내가 민호에게 잘 이야기 해봤더니 이억 오천은 받아야 헌댜. 사실 그 집이 그 값은 충분히 나가지. 아직 새집인 데다 그 텃밭도 좀 넓어? 돌아가신 어르신이 좀 꼼꼼허게 잘 지었던감."

"허, 일억 칠천이먼 물르겠네유. 그리구 저는 하나도 안 급해유. 민호 지가 갖구 있어봤자 하루하루 집값만 떨어질 텐데유, 뭐."

"하, 이 사람 하는 소리 봐라. 사람이 그렇게 매정하먼 뭇써. 적당헌 선에서 타협헐 줄도 알어야지. 아무리 자네 우리에 든 밥이라 해도 그렇게까지 허먼 뭇 쓰는 법이여!"

나는 솔직히 급할 이유가 없었다. 그냥 저 자리에 고구마든 콩이든 심고 밭을 일구면 될 터이지만, 슬라브집은 이러지도 저러지도 못할 것이 분명했다. 오늘은 하루해가 참으로 길어보였다. 이런저런 궁리를 해보고 여러 가지 경우를 떠올려보았지만 딱히 답이 나오지는 않았다. 민호에게 직접 연락해서 집값을 흥정해볼까도 생각했지만 그럴 일이 아니었다. 내가 먼저 다가갈 이유가 없었다. 좀 더 기다려보면 자연스럽게 풀릴 일이었다.

집에 들어와 잠자리에 들려 하는데 텔레비전 뉴스에 경찰청장이 나와서 불법이 어쩌구 하는 말이 귀에 쏙 들어왔다. 요즘 나는 법에 관심이 높아졌다. 재산권이라든가, 소유권이라든가, 심지어 횡단보도까지도 모두 법 아닌가.

"최근 대기업 노조의 시위가 강도를 높여가고 있습니다. 사용자의 부당노동행위든 노동자의 불법행위든 간에 법과 원칙에 따라 엄정하게 대응하겠습니다. 특히 공권력의 신뢰 회복을 위해서는 그동안 용인·방조한다는 비판을 받아왔던 노조들의 불법적인 파업이나 불법 시위 등을 엄단할 것입니다. 그래서 불법을 저질러서는 절대 자기 의사를 관철할 수 없다는 것을 엄정한 수사를 통해 조치하겠습니다."

경찰청장은 법이라는 단어를 계속 반복하고 있었다. 역시 세상은 법으로 다스리는 곳이니 법을 잘 알아야 자기 재산도 지킬 수 있다는 생각을 다시 한번 떠올리면서 흐뭇한 마음으로 일찍 잠자리에 들었다. 내일은 이제 맘 놓고 마사토를 실어와서 쏟아놓을 것이다. 그리고 포클레인을 불러 평평하게 펼쳐서 그럴듯한 밭을 만들 예정이다.

날이 밝기 무섭게 밭을 향해 걸어가는데 저 멀리 슬라브집 주변을 어떤 이가 서성이고 있었다. 가까이 가보니 슬라브집 아래 측백나무집에 사는 사업가 한 사장이었다. 집은 이 동네에 있지만 바닷가에서 큰 김 공장을 하는 이였다. 사업이 얼마나 잘되는지 동네에서는 좀처럼 얼굴을 보기 어려운 사람이었다. 그런 사람이 왜 슬라브집을 서성이는지 모를 일이었다. 게다가 한 손에는 낫을 들고 있었다. 돌아다니면서 삐죽삐죽 나온 감나무며 밤나무 가지들을 쳐내는 것 아닌가. 그 순간 느낌이 이상했다. 서로 인사도 제대로 나눠본 적이 없지만 대강은 알고 있는 처지였다.

"아니, 왜 남의 집 나뭇가지들은 자르고 그러셔요?"

"예? 제가 어제 이 집 샀어요. 그런데 왜 그러셔요?"

아뿔싸! 민호가 슬라브집을 저 측백나무집에 팔아넘긴 것이다. 내게는 땅을 팔라는 둥, 집을 사 가라는 둥 하면서도 한쪽에서는 저렇게 수작을 부리고 있었던 것 아닌가. 나는 불현듯 화가 치밀었다.

"아, 그 집은 어제까지만 해도 내가 살려고 가격을 흥정하고 있었단 말이에요!"

한 사장은 영문을 모르겠다는 듯이 고개를 갸우뚱거렸다.

"나는 일주일 전부터 교감 선생님과 이야기를 나눠왔고 어렵사리 어제 매매를 끝냈어요. 이미 돈도 다 오갔고 법무사에서 등기 신청까지 들어갔다구요!"

한 사장 쪽으로 한 발짝 더 갈려고 하는데 갑자기 현기증이 왔는지 어제 쏟아붓다 만 흙더미에 발이 걸려서 몸이 휘청, 했다. 한 사장이 고개를 돌려 이상하다는 듯이 나를 바라보았다.

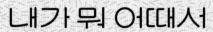

내가 뭐 어때서

간밤에 반가운 흰 눈이 내렸다. 아니, 정갈하고 포근한 이 불솜 같은 물질이 온 세상을 하얗게 뒤덮었다. 어젯밤 잠자리에 들 때만 해도 상상하지 못했던 세상이다. 그냥 또 몇 방울 떨어지다 내일 아침 해가 뜨면 흔적 없이 사라질 것이라 생각했는데 이게 웬 횡재란 말인가. 작년에는 정말이지 눈 한 방울도 보지 못했다. 기억을 더듬어 볼 때 심산리 마을에 귀촌한 지 5년 동안 제대로 쌓인 눈을 본 기억이 없다. 언론에서 말하듯이 온난화가 심해져서 한반도는 이제 아열대성 기후로 바뀌고 있는 줄만 알았다. 식물들의 북방한계선이 성큼성큼 위로 오르고 있다는 말도 충분히 이해가 되곤 했었다. 심지어 어떤 사람들은 우리나라에 겨울이 사라질 것이라는 말도 서

습지 않았다. 그런데 이게 웬일인가. 자전거 위에도 마당에 세워둔 승용차 위에도 제법 소복이 내려앉아 있었다.

성호는 우선 빗자루를 꺼내 들고 마당을 쓸었다. 콧노래가 절로 났다. 귀촌한 지 5년 만에 소망을 이룬 듯했다. 서울에서의 아파트 생활을 접고 이렇게 아무 연고도 없는 산촌 마을로 이사하면서 꿈꾸었던 것은 바로 이런 풍경을 누리는 것이었다. 눈이 내린 탓에 날씨는 제법 쌀쌀했지만 대수롭지 않았다. 성호는 추운 줄도 모르고 구석구석 눈을 치웠다. 바깥마당까지 모두 치우고, 이웃집을 지나 마을 입구로 이어지는 마을 안길까지 빗자루를 들고 돌아다녔다. 여러 사람이 함께 이용하는 길이지만 내가 좋아서 하는 일이니 누군가에게 고맙다는 말은 듣지 않아도 좋았다.

성호는 아침을 먹는 둥 마는 둥 하고 장비를 챙겨 길을 나섰다. 장비라고 해야 사진기와 렌즈 몇 개가 담긴 가방이 전부였다. 하지만 성호에게는 그 가방이 밥벌이의 모든 것이면서 생활의 전부라고 해도 과언이 아니었다. 일단 마을회관 옆에 있는 큰 느티나무 쪽을 향했다. 흰 눈을 온몸에 올려둔 채홀로 멋진 자태를 뽐내고 있을 느티나무를 생각하니 가슴이 두방망이질을 했다. 그 나무는 큰 부챗살처럼 두 손을 하늘을 향해 펼쳐 들고 있으니 눈을 더 많이 맞았을까. 아니면 나뭇잎을 모두 떨구고 앙상한 가지만 있으니 그 많은 눈을 온몸으로 맞이했으면서도 정작 자신은 눈을 몸에 품지 못했을지도 모를 일이다. 아니, 아니다. 아무리 그래도 그 아름드리 몸집에는 더 많은 눈이 올려져 있을 것 아닌가. 심산리 마을에 이사 온 이후 그 느티나무의 모습을 계절마다 사진기에 담곤 했으나 눈 쌓인 모습은 담지 못했었다. 눈을 만나지 못했으니 어쩌겠는가. 하지만 이제는 아름드리 느티나무의 눈 덮인 모습을 사진에 담을 기회가 왔다.

마을회관으로 가는 길에 드문드문 자리를 튼 가옥 너머 높이 솟은 산자락을 사진기에 담는 것도 빼먹지 않았다. 심산리는 그 이름처럼 깊숙한 산속에 아담하게 만들어진 구릉에 있기 때문에 사방을 산자락이 둘러싸고 있다. 어느 방향에서 카메라를 들이대든 고개를 조금만 들어도 가옥 너머에는 겨울산이 떡 버티고 있으니 셔터만 누르면 작품이 될 것만 같았다. 신바람이 난 성호는 신발에 눈이 들어가는 것도 아랑곳하지 않은 채 이곳저곳 누비며 사진을 찍었다. 눈 쌓인 심산리마을은 전혀 다른 세상이 돼 있었다. 대체로 오래되어 낡은집들이지만 흰 눈이 내리니 겨울 동화 속 세상처럼 곱게 단장하고 있어서 낯선 느낌마저 들었다. 무연탄 채굴이 왕성하게 이루어지던 30여 년 전에 광부들의 목욕탕으로 쓰였다는 폐

허는 번듯한 성채처럼 보였다. 지붕도 어딘가로 날아가서 폭탄 맞은 건물같이 오랜 세월 방치되어 있어서 간혹 섬뜩한 생각이 들곤 하는 곳이지만 눈 덮인 그곳은 멋진 예술품처럼 변신해 있었다.

문득 어떤 생각이 떠오른 성호는 광부들의 집단 거주지였던 사택 골목으로 갔다. 광산이 성업이었던 그때는 아이들과 어른들이 뒤섞여 항상 시끌벅적했고, 당시에는 신사택이라고 불릴 정도로 나름 자긍심도 있었던 골목이지만 지금은 곧 쓰러질 듯한 코딱지만 한 집들이 닥지닥지 붙은 낡은 동네다. 어쨌든 이 골목길도 사진기에 담아둘 절호의 기회가 아니겠는가. 축대를 쌓아 비탈을 평평하게 만들고 지은 일자형 집들을 멀리서 얼핏 보면 가축을 키우는 축사 같기도 하지만 사람들이 느리게 움직이는 가옥들이다. 이제는 젊은 사람들은 눈을 씻고 봐도 찾을 수 없고 광부나 그 가족으로 한세월 살아낸 노인들만 가끔 눈에 띄는 곳이다. 그래도 마을 환경 정비라는 이름으로 시청에서 시멘트 벽면에 노란색 페인트칠을 하고 바닥에 보도블록을 깔아주어서 나름 깔끔해졌다. 하지만 새로 단 작은 현관문과 눈썹 처마처럼 올려붙인 비 가림막이 어색하기 이를 데 없다. 게다가 두 집 건너 한 집은 빈집이어서 마을의 골칫거리가 되고 있는 곳이다.

골목길에 들어선 성호는 얼른 카메라를 들었다. 승용차 한 대 간신히 들어갈 수 있는 비좁은 골목길이지만 아직 눈을 치운 흔적이 보이지 않았다. 미끄러워서인지 노인들이 아직도 문밖 출입을 삼가고 있는 듯했다. 함석지붕도 있고 슬레이트로 덧댄 지붕도 있지만 오늘은 함박눈이 모두 가려서 단정하고 아담한 작품이 되고 있었다. 게다가 노란색 벽면을 따라서 골목 가득 덮인 흰빛이 이루는 묘한 조화는 사택 골목을 아늑하고 평온해 보이도록 했다. 사택들은 성호의 사진기 렌즈 속에서 예쁜 예술 작품으로 승화하고 있었다.

마을 사람들이 전하는 말에 따르면 무연탄 채굴이 한창 이루어지던 무렵의 심산리 사택 골목은 온통 검정색이었다. 지붕은 물론이고 처마까지도 새까만 무연탄 가루가 덕지덕지 묻어서 검정색 외에는 찾을 수 없었다. 골목길도 무연탄 가루가 맨질맨질하게 굳어 있었는데 비가 오면 새까만 물이 경사진 골목을 따라서 굽이굽이 흘러가곤 했었다. 주민들은 그 시절을 회상하면서 크게 한숨을 쉬곤 했는데, 그때마다 성호는 마을 사람들에게 연민을 느끼곤 했다. 어쩌면 성호가 그러한 감정을 느끼는 것은 당연하다고 할 수 있었다. 어떤 이들은 성호를 일컬어 다큐 감독이라고 하지만 연출하고 각본 짜고 촬영에서 편집까지도 혼자서 하는데 무슨 감독이란 말인가.

대학 학보사 기자 때부터 사진 찍는 것을 좋아했고 어쩌다 보니 노동운동 현장이나 인권 관련 집회 현장을 전문으로 하는 촬영가가 되어 있었다. 사회에서 힘없고 소외된 사람들의 삶의 현장을 카메라로 기록하는 일인데, 가끔은 약간의 수고비를 받고 참여하기도 하지만 대개 스스로 좋아서 돌아다닌 지 30여 년 되었다. 그런 성호에게 이 사택 골목은 또 하나 기록해야 할 삶의 현장이 아닐 수 없었다. 쇠락한 이 골목을 누구도 거들떠보지 않지만 성호에게는 노동이 소외되고 인권이 말살 당했던 한국 산업화의 현장이었다.

그 길지 않은 골목길을 한 바퀴 돌아 나와 큰길과 만나는 지점에서 성호는 그만 눈길에 미끄러져 엉덩방아를 찧으며 옆으로 넘어지고 말았다. 카메라를 감싸느라 몸의 중심을 잡지 못한 것이다. 엉덩이를 제법 심하게 부딪혔는지 욱신거렸다.

"아따 형님! 그러다 낙상혀요. 살살 댕겨야지, 인제 형님도 곧 꼬부랑 할베유."

삼거리에서 삼겹살 전문 심산식당을 운영하는 달수가 커다란 사륜차 창문을 내리며 소리쳤다.

"그러잖아도 형님께 전화 할려던 참인데 여기서 만났네요.

형님! 우리 됐슈, 됐어! 그 작간지 뭔지 하는 놈덜 우리가 이 겼어요. 쫌 전에 시청에서 전화 왔어요. 우리 심산리이야기협 동조합이 선정됐대유!"

"와, 잘됐다. 정말 잘됐어!"

"형님! 얼른 타셔유. 지금 영덕이네 가는 길이에요. 조카도 그쪽으로 오라고 혔구요."

귀촌 오 년 만에 겨울 눈다운 눈을 만나서 더할 수 없이 기 분이 좋은 날인데 이런 경사까지 찾아오다니, 고생 끝에 낙이 온다는 말이 실감났다. 성호는 그동안 마을 사람들을 만날 때 면 왠지 섞이지 못하고 모래알처럼 튕겨 나와 겉도는 느낌이 있었다. 하지만 이제 비로소 완전히 한마을 사람이 된 것 같 은 생각도 들었다. 성호는 방금 전에 엉덩방아를 찧어서 몸이 쑤시는 것도 잊은 채 달수의 사륜차에 가볍게 올라탔다. 달 수의 차는 흰 눈이 소복이 쌓여 단정한 풍경을 이룬 비탈길을 거침없이 올라가며 바퀴 자국을 만들고 있었다.

마을 뒷산 중턱에 있는 영덕의 집을 사람들은 '전망 좋은 집'이라고 불렀다. 그곳에서는 마을을 한눈에 내려다볼 수 있 을 뿐만 아니라 키 낮은 앞산 너머 시청이 있는 중심지까지도 볼 수 있었다. 영덕의 집에 도착하니 그곳에서 보이는 눈 덮 인 마을의 풍경은 색다른 느낌이었다. 마을 회관 옆에 우뚝

서 있었던 아름드리 나무는 높은 곳에서 보니 저 멀리에 있는 작은 묘목에 불과해 보였다. 가옥들은 아기자기하기 이를 데 없었고 마을을 휘감고 돌아 멀리까지 굽이굽이 길게 이어지는 산야의 모습은 장엄하다고 말해야 옳았다. 들어가면 들어간 대로 나오면 나온 대로 겨울 눈이 다소곳이 올라앉은 산골은 참으로 그림 같았다. 영덕은 벌써 막 만들어낸 두부를 보기 좋게 잘라 볶은 김치와 함께 밥상인지 술상인지 모를 것을 준비하고 있었다.

"제가 광부를 졸업하고 이곳에 콩나물 공장을 차린 이후 오늘 같은 기분은 처음이에요. 십년 묵은 체증이 쏵 내려가는 것 같아유."

그랬다. 영덕과 달수는 무연탄 광부였다. 그것도 심산리 마지막 광부였다. 그들의 아버지들도 광부였으니 대를 이어 광부의 삶을 산 것이다. 영덕과 달수는 아버지를 따라 비슷한 시기에 심산리로 이사 와서 석탄 가루로 뒤덮인 마을에서 함께 자랐다. 그리고 중학교를 중퇴하고 온갖 사고를 치다가 열여섯 살에 선탄부로 광부의 길에 들어섰다. 갱도에서 캐내 온 석탄 중에서 무연탄으로 쓰기 곤란한 돌덩이들을 가려내는 일이었다. 온종일 돌덩이들을 이리저리 옮기는 일인 데다, 석탄 분진으로 온몸을 색칠하게 되는 고된 일이었다. 하지만 어린 달수는 몸을 사리지 않고 열심히 일했다. 반면에 영덕은 화장실에 간다, 배가 아프다 하면서 요리조리 시간을 때우곤 했다. 그래서인지 달수는 일찍부터 어른들의 칭찬을 한몸에 받았고, 다음 해에 갱도에 들어갈 수 있었다. 영덕도 열아홉 살에는 갱도에 입문했으니 정부의 석탄산업합리화 정책에 따라 심산리에 그 많던 탄광이 폐광되었던 무렵까지, 그러니까 영덕과 달수의 이십 대는 온전히 광부의 삶이었다.

"우리가 3억을 만지게 된다니 횡재한 거쥬. 오랜만에 반가운 눈이 몽창 내린 것이 다 이런 좋은 소식을 몰고 올려는 징조였나 봐유."

김이 연기처럼 피어오르는 볶은 김치를 담은 넓적한 접시를 상 위에 내려놓으며 영덕이 신이 나서 말했다.

"암, 횡재다마다! 우리가 바로 광산의 당사자잖여, 우리의 진정성이 점수를 많이 땄던 겨. 작가 놈들이 광산에 대해 뭘 알겠어! 왜 거기 작가 단체 이사라는 형주 있잖여, 걔는 솔직히 지 아버지 잘 만나서 심든 일 한번 안 해봤어. 지 아버지 목욕탕 물려받아서 편하게 뭉칫돈 만지면서 이날 이때까지 살고 있는 겨. 사실 작가라고 혀도 엉터리래. 작년에 냈다는 그 수필집도 다 지 돈으로 찍어 낸 거랴. 요즘 돈만 주면 출판사에서 책 찍는 것은 일도 아니랴. 사실 지가 공부나 혔간디. 돈 있고 시간 많컸다, 그냥 폼 잡느라고 작가 행세 허는 거지 뭐. 우리 성호 형님한테 얘기 들었잖어. 서울 작가들은 갸네 작가 그룹 아무도 인정 안 헌다구."

소탈한 성격에 달변인 달수는 자신이 이번 공모 사업의 평가위원이라도 되는 양 너스레를 떨었다.

"그런데 달수야! 이 3억을 받으면 나중에 일 끝나고 시청에 내야 하는 서류가 복잡하다고 그러던데 그건 어티게 허지?"

"아이, 영덕이 너는 역시 순진허기 짝이 없어. 야, 돈만 있으면 다 돼! 사람들 시키면 돼! 또 내 조카 있잖여. 조카가 그래도 공무원 출신인데 서류 정도야 웬만허면 허겠지 뭐. 그러구저러구 형님, 그동안 도와주셔서 고맙습니다."

"나야 뭘, 할 도리를 한 거지. 자네들 만나서 소외됐던 우리 민중의 삶 한구석을 돌아볼 수 있어서 좋았지. 그리고 이건 소중한 우리 소시민들의 역사잖아. 역사는 기록하지 않으면 소멸되거든. 그리고 이런 민중의 역사는 저 높은 곳에 있는 놈들은 거들떠보지 않아. 우리 스스로가 기억하고 기록해야 하거든."

"형님은 참 대단하셔유. 형님이 아니었으면 우리는 이런 것 꿈도 못 꿨슈. 영덕이허구 저는 그저 먹고사는 데만 정신이 없었겠지유. 그러구 보니 벌써 몇 년 됐네유."

광부들의 자서전을 정부 예산 받아 만들어 보자며 만날 때마다 이야기보따리를 풀어놓았고, 잘 알지도 못하는 정보들을 주섬주섬 늘어놓으면서 세상을 한탄한 지 여러 해가 번개같이 흘렀다. 하지만 성호가 저들과 알고 지낸 지는 그보다 훨씬 오래되었다. 심산리에 이사 온 지 일 년 쯤 지나서였다. 삼거리에 벚꽃이 한창이던 무렵 아내와 함께 삼겹살 먹으러 달수가 운영하는 심산식당에 들렀었다. 입구에는 늙은 감나무 한 그루가 떡 버틴 채 막 새순을 만들고 있었다. 감나무는 쭉쭉 하늘을 향해 나아가지 못하고 방향을 이리저리 바꾸면서 삐뚤삐뚤 사방으로 잔가지를 만들어 거대한 우산 모양을 하고 있었다. 여기저기 가지를 잘라낸 자리에 살짝 곰팡이도 보이고 껍질마다 골이 깊게 팬 것이 감나무가 버텨 낸 세월을 말해주고 있었다. 감나무에 움트는 새잎을 살펴보는 성호를 향해 누군가 묻지도 않은 해설을 덧붙였다. 돌아보니 뒷켠 하우스에서 따온 듯한 푸성귀를 소쿠리에 담은 채 달수가 서 있었다.

"그 감나무 나이도 꽤 많이 들었네유. 제가 어렸을 적에 그 감을 몰래 따다가 들켜서 주인아저씨한테 어지간히 혼났었지유. 동네가 온통 석탄 가루로 덮여 있었으니 그 감이라고 멀쩡했겠어유? 그 검댕이 묻은 감이라도 먹어볼려고 하다가 결국엔 아버지한테 몽둥이찜질까지 당했었지유."

아마도 성호가 달수를 만나 손님과 주인 이상으로 대화를 나누게 된 것이 이날이 처음이지 싶다. 심산리 광부들의 삶이 성호에게 탐구와 연민의 대상이 된 것도 바로 이날 달수와의 만남에서 시작되었지 싶다.

"그럼, 사장님 고향이 이곳 심산리셔요?"

"그런 셈이죠. 국민학교 때 아버지 따라서 심산리로 이사 와서 계속 살고 있으니께 고향이나 진배없지유. 그때 이 심산식당은 매일 매일 술꾼들로 정신없었지요. 허구헌 날 싸움판이 벌어졌고, 대낮부터 취해서 아무 데나 토하고 오줌 싸고… 그때 그 냥반들 이젠 거의 다 가셨지유. 아니, 그 당시에 며칠 있다 떠나버린 분들도 꽤 많구유."

그 말을 들으면서 심산식당을 다시 보니 꽤 오래된 건물이다 싶었다. ㄱ자형으로 배치된 건물 한쪽은 달수의 살림집이고 다른 한쪽은 식당으로 사용 중인데 당시에 날림으로 지었던 집을 보수에 보수를 거듭한 것이 눈에 보였다. 당시에 바깥 마루로 사용했을 듯한 곳에 새시 문을 세우고 방을 넓히고 토방 높이에 시멘트를 발라 과거 광부들의 흔적이 지워진 것으로 보였다. 하지만 대문이 매달려 있었을 좌우 기둥에는 아직도 새까만 무연탄 흔적이 역력했다. 설명을 들으니 당시에는 슬레이트로 되어 있었는데 달수가 인수한 이후에 지붕을 기와 모양의 플라스틱으로 개량했다고 한다.

그날 성호는 달수와 친해져서 형님 동생 하는 사이가 되었다. 아무리 삼거리 중심가라 하여도 시골 면 지역 식당에 손님이 얼마나 많겠는가마는 그날따라 더욱 한가해서 달수는 아예 성호와 마주앉아 소주잔을 들었다. 어둠이 내릴 무렵이 되자 달수의 아내인 미숙까지 겸상을 하게 되어 양쪽 부부가 제법 거나한 술판을 갖게 되었다. 알고 보니 달수의 아내 미숙 또한 비슷한 처지였다. 광부였던 아버지를 따라 심산리에 들어왔고 중학교를 졸업한 후 광산 사업소에서 잔심부름을 하는 것으로 사회 생활을 시작했으니 광부의 삶에 대한 산 증인이었다.

젊은 시절 달수는 기골이 제법 다부진 데다가 성실하기로 유명해서 갱도에서 인기가 높았다 한다. 자연스럽게 수입도 제법 괜찮았고 성품도 꽤 활달해서인지 관심 갖는 젊은 여성들도 많았다 한다. 그런데 서울에서 민주화 운동이 거세게 일어나고 산업 현장 곳곳에서 노동자들이 노조를 만들어 나가던 무렵이었다. 사람들이 석탄보다는 석유를 선호하게 되고 무연탄 채굴 비용이 점점 높아진다는 이유로 정부에서 석탄산업합리화라는 이름의 정책을 집행하게 되었다. 멀쩡하던 광산이 스멀스멀 문을 닫기 시작했다. 고생스럽기는 하지만 이제 자리를 잡았다 싶었던 달수는 그 성정을 이기지 못하고 노조를 만든다, 데모를 한다 하면서 광부들의 선봉장을 자처했다. 그러다 결국 여러 차례 경찰서에 잡혀가 두들겨 맞고 유치장에서 구류까지 살게 되었다. 달수의 외침은 계란으로 바위를 치는 것에 불과했던 것이다. 그 많던 광산들은 몇 년 지나지 않아서 모두 문을 닫았고 달수는 오갈 데 없는 신세가 되고 말았다.

배운 것도 없고 어딘가에 투자할 만큼 벌어둔 돈도 없는 젊은 달수는 걸핏하면 술에 취해 사람들과 싸우기 일쑤였다. 허구헌 날 경찰서를 드나들게 되었고, 확 죽어버린다며 농약을 마시기도 했으나 질긴 목숨은 쉽사리 끊어지지도 않았다. 달수가 식당이라도 하면서 그럭저럭 살아오게 된 것은 아마도 미숙을 만난 덕으로 보였다. 광산에서 제법 멋진 청년이었던 달수는 미숙과 일찍부터 오빠 동생 사이로 지냈다 한다. 달수가 이런저런 일로 경찰서 유치장에 들어가면 항상 찾아가서 위로해주고 설득했던 사람도 미숙이었다. 결국 미숙의 제안에 따라 오토바이 점원, 가스 배달부를 하다가 뒤늦게 결혼한 후 지금의 심산식당을 미숙과 함께 운영하고 있었다.

성호가 광산촌 사람들의 삶에 본격적으로 관심을 갖게 된 것이 아마도 그 무렵부터였던 것 같다. 그날 이후 달수 부부와 만나는 횟수가 잦아졌고 만날 때마다 달수 부부는 당시 탄광촌 사람들의 삶에 대해서, 그리고 갱도 속에서의 험악한 환경에 대해서 물 만난 고기처럼 이야기를 늘어놓곤 했다. 그때마다 성호는 달수를 비롯한 심산리 사람들에 대한 연민 비슷한 감정이 북받치곤 했었다. 그런 성호에게 감성적 자극을 받아서일까. 달수는 이야기하는 도중에 훌쩍거리기까지 하였다.

"사실, 말이야 바른말이지, 우리가 산업 전사였어유. 지금은 알아주는 놈들 아무도 없지만 대한민국이 이렇게 먹고사는 건 말이지유, 다 그 많던 광부들의 피와 땀이 있었기 때문이지유."

"허허, 틀린 말은 아닐세. 나라가 챙겨야 되는데 외면하는 거지. 이젠 석유 에너지 시대도 지나고 풍력이다 지열이다 하면서 친환경 에너지를 부르짖는 시대니까 말이야."

"지가 말이지유, 갱도가 무너져서 사람 구하러 들어갈 때도 선두였어유. 아따 그때 송장이 된 아저씨를 떠메고 나올 때는 참말이지 앞도 안 보였어유. 아, 그렇게 간 사람들 참 많았네유. 방금 전까지 힘이 장사였던 사람도 한번 당하면 맥을 쓸 수 없는 게 갱도 일이었어유. 어휴! 그런데 왜 그 고생헌 저 같은 사람들은 맨날 이턱이래유. 그때 같이 갱도 일 했던 사람들은 대체로 고만고만허게 산다니께유. 어차피 이렇게 된 거 보상까지는 바라지두 않어유. 뭔가 명예라두 회복시켜줘야 허지 않겠어유?"

아마 그래서였을 것이다. 퍼뜩 한 가지 방법이 떠오른 것은. 달수의 아픈 마음을 어루만져줄 수 있을 뿐만 아니라 심산리 마을 사람들의 고달팠던 생애를 위로해줄 수도 있을 것만 같았다.

"달수씨! 마을 사람들끼리 협동조합을 만들어 봐. 그리고 시장이며 시의원들에게 예산을 요구해서 심산리 사람들 자서전 써주는 사업을 하는 거야. 얼마 전에 정부에서 제주 4·3이나 일제강점기 위안부 할머니들의 삶과 관련해서도 생애사 같은 것 써주는 사업들을 했다고 들었거든. 마을 사람들의 탄광 관련한 삶을 기록하고 영상으로도 만들어서 역사에 남기는 거지."

"말이야 좋은 말이지 협동조합을 어떻게 만든대유. 그리고 시장이나 시의원들을 또 어떻게 설득허구유. 그럴려면 시청이나 시의회를 뻔질나게 드나들어야 헐 텐데, 우린 면사무소에도 드나들 일이 거의 없었단 말이지유. 더구나 정부에서 보조해주는 돈이라는 것이 결국 서류를 잘 맞춰야 헌다고 들었는디 그 서류는 또 누가 작성헌대유."

성호는 선뜻 나서서 본인이 해주겠다고 말할까 생각도 해보았으나 오지랖 넓은 일이라는 생각에 얼른 입을 다물었다. 성호는 누가 뭐래도 외지인 아닌가. 면사무소 직원들은 고사하고 심산리 마을 사람들 가운데에도 아는 이가 몇 되지 않는데 이러쿵저러쿵 앞장섰다가는 비웃음만 살 게 뻔했다. 10년, 20년을 살았어도 결정적인 순간에는 고향이 어쩌니 이사 온 놈이니 하면서 따돌리는 게 이곳의 문화적 현실 아니던가. 하지만 심산리뿐만 아니라 산 너머 다섯 개 리에 걸쳐서 아직도 살고 있다는 광부 출신 주민들의 사연들을 결코 개인이 힘없고 배운 것 없고 재수 없어서 겪어야 했던 과거로만 묻어두어서는 안 되겠다는 생각을 지울 수 없었다. 우리의 산업화 과정에서 큰 역할을 했던 심산리 지역 광부들의 삶과 생활을 기록해서 역사에 남겨 보존하고 광산 노동자들의 마음을 치유해줄 필요가 있었다. 그러나 서민들에게 행정이나 정치는 예나 지금이나 강 건너 먼 일이 아니던가. 누군가의 도움이 없다면 결코 이분들 스스로 그 제도적 벽을 뚫고 나아갈 수는 없는 일이다. 하지만 성호 내외와 달수까지 한 덩어리가 되어 틈틈이 고민을 나눠봐도 방도가 나오지는 않고 시간만 흘러갔다.

그런데 예상하지 못했던 곳에서 기회가 찾아왔다. 사진집 몇 권과 영상 촬영 기법 관련 서적을 낸 바 있는 성호가 이번에는 르포집을 출간하게 된 것이 계기였다. 재개발 지구로 선정되어 오갈 데가 없게 된 서울 달동네 사람들의 애환과 투쟁을 다큐멘터리 형식을 빌려 사진과 함께 담아 낸 책이었다. 그런데 이 르포집이 이곳저곳에서 반향을 일으켰다. 아마도 과거에 주로 담아 냈던 전투적 이미지가 별로 보이지 않기 때문인 듯했다. 낡은 담벼락에 억척스럽게 올라가는 담쟁이덩굴이나 살짝 깨진 기왓장 틈으로 보이는 노을, 아득해 보이는 좁다랗고 굽은 골목길, 저만치 서 있는 노파와 지팡이 따위가 주류를 이루는 순수 기록물에 가까웠다. 아마도 사람들은 그 사진 자체에 관심이 높아 보였다. 처음에는 '사진TV'나 '여행 채널' 쪽에서 연락이 왔는데 얼마 전에는 공중파에서까지 관심을 보였다. 하나같이 관심의 초점은 어떻게 그런 작은 포인트로 사람들의 감성을 자극할 수 있냐는 투였다. 그 르포집의 목적은 서울 산동네 마을을 구성한 시민들의 고달팠던 생애와 재개발 과정에서 밀려나게 되는 주민들의 입장을 대변하는 것이었다. 어쩌면 사람들은 성호가 쓴 글은 읽지 않고 사진만 건성건성 보는지도 모를 일이었다.

수원에 있는 한 사진동호회 사람들의 초청으로 특강을 마치고 나오니 핸드폰에 낯선 전화가 찍혀 있었다. 성호는 또 어떤 신문기자나 방송국이겠거니 짐작했는데 이숙자라는 시의원의 전화였다.

"이렇게 훌륭하신 선생님이 심산리에 거주하시는 줄은 꿈에도 생각지 못했어요. 어저께 TV를 보고 깜짝 놀랐어요. 제가 시내의 사진협회장 출신이거든요. 저도 사진은 좀 볼 줄 알아요. 한번 찾아뵙고 싶습니다."

성호는 이때다 싶었다. 심산리에 귀촌한 이후 지역에서 이렇게 영향력 있는 사람을 만나게 되는 것은 처음이었다. 그것도 저쪽의 요청으로 만나게 되는 것이니 절호의 기회가 아닐 수 없었다. 성호는 약속 장소를 심산식당으로 잡고 얼른 달수에게 알렸다. 달수도 야호, 소리를 지르며 기뻐했다. 서둘러 심산리에 내려오니 달수와 영덕, 달수의 조카 철민까지 한자리에 모여 성호를 기다리고 있었다. 이제 뭔가 일이 될 수도 있겠다는 느낌이 가슴에서 가슴으로 전해지고 있었다.

이숙자 의원을 만난 이후 일은 일사천리로 진행되기 시작했다. 그날 이 의원은 키가 작달막하고 옹골차게 생긴 김만덕이라는 동료 시의원과 함께 나타났는데, 그 시의원이 더 적극

적이었다. 김만덕 의원은 본인의 아버지가 광산의 소장이었다면서 영덕이나 달수보다 광부의 삶을 더 잘 안다는 듯이 아는 체도 했었다. 더구나 산업 역군들의 역사를 보듬으면서 지역의 특색 있는 문화적 자산으로 활용할 필요가 있다는 발언까지 서슴지 않았다.

한 사흘쯤 지났을까, 어떤 팀장이라는 사람이 직원을 대동하고 직접 찾아왔다. 그들은 협동조합을 만드는 방법도 알려주었을 뿐만 아니라, 이번 추경예산에 반영할 터이니 준비하시라고 일러주었다. 그 후 마을 사람들은 달수를 중심으로 인감을 준비하네, 출자금을 내네 하면서 제법 분주한 일정을 보냈다. 성호에게는 일절 그런 말을 건네지 않는 것이 성호 입장에서는 때론 서운하기도 했지만, 아직 마을 주민으로 제대로 섞이지 않아서 그랬겠거니 하면서 대수롭지 않게 여겼다. 아무려면 어떻단 말인가. 역사에 남을 일이고 심산리 주민들에게 위로가 될 일이거늘. 일만 성사된다면 바랄 것이 없었다.

그런데 한동안 찾는 일 없던 달수에게서 급하게 연락이 왔다. 시에서 서류를 제출하라는 것이었다. 돈을 그냥 주는 것이 아니라 시청 홈페이지에 올라 있는 공고문을 보고 거기에 맞춰서 제출하고 발표까지 해야 한다는 것이었다. 그러나 맴버 중에 어느 누구도 그 작업을 할 사람이 없다는 것이었다.

조카 철민은 왜 못 하냐 물으니, 그런 서류를 철민은 써본 적이 없고, 주어진 시간도 며칠 없다면서 통사정을 하는 것 아닌가. 성호는 요즘 일이 많아져서 중요한 영상 편집 마감이 임박해 있었지만 어쩔 수 없었다. 얼른 홈페이지를 찾아서 공고문을 보니 결코 단순치 않은 일이었다. 왜 자서전을 쓰려고 하는지에서 취재와 집필 방법, 촬영 방법 그리고 필요한 세부 예산 계획서까지 작성해야만 하는 일이었다. 더구나 그 보조금이라는 명칭의 지원금은 실비를 지출한 후 잔액은 전액 반납하는 조건이었다.

곧 달수와 영덕이 찾아왔고 재촉하는 바람에 자정 무렵까지 작성을 했지만 마무리를 못 했고, 다음날 또 모여서 사업 계획서니 예산서니 하는 서류를 만들었다. 성호가 컴퓨터를 붙잡고 있는 동안 이곳저곳 금액을 알아본다, 사람을 알아본다 하면서 달수와 영덕이 제법 분주하게 전화를 돌리곤 했다. 뿐만 아니라, 성호에게 간식을 챙긴다, 음료를 챙긴다 하면서 옆에 다소곳이 붙어 있었다. 공무원들과 무얼 하는 것은 어찌 이리도 서류가 복잡한지 모를 일이었다. 웬만한 시민이라면 아예 접근하지 못하게 만드는 게 그들의 의도인지도 모를 일이었다. 보고서니 공문서니 하는 자료에 제법 익숙한 성호도 한참을 헤매지 않을 수 없었다.

공모 제안서 제출이 끝났지만 일은 또 이어졌다. 이젠 발표를 준비해야 했다. 성호가 발표 문안을 종이 다섯 장에 빼곡이 써주고 연습까지 시켜야 했다. 처음에는 발표자로 조카 철민을 염두에 두고 준비했으나 끝내 철민이 고사하는 것 아닌가. 나중에 안 일이지만 공무원 생활을 했었다는 철민은 여러 차례 뇌물을 받다가 결국 꼬리가 잡히고 직위 해제 되었다는 것이다. 그쪽에서 나름 유명한 사람이 공무원들 앞에 나서게 된다면 좋을 게 없다는 논리였다. 결국 발표는 달수가 맡았다. 그런데 발표라는 것이 형식적 절차일 것이 뻔하다고 말하며 태평한 영덕이나 철민과 달리 달수는 연습 내내 좌불안석이었다. 심사위원들이 줄지어 앉아 있는 엄숙한 곳에서 발표한다는 것이 부담이 되는지 연습 내내 긴장하는 모습이 역력했다.

발표 당일 날이 되어 현장에 가니 분위기가 왠지 냉랭했다. 발표하는 팀이 또 있었다. 지역 작가협회가 참여한 것이다. 공모에 참여할 수 있는 자격이 다소 폭넓게 주어진 데다 3억이라고 하는 큰돈이 사람들의 눈길을 끈 듯했다. 담당 팀장은 인사를 하는 둥 마는 둥 하면서 무표정하게 대기실 앞을 휙 지나갔다. 달수는 경쟁팀으로 나타난 작가협회 관계자들과 구면인 듯 살짝 인사를 나누면서 상기된 표정을 감추지 못했다. 긴장 속에서 발표를 마치고 마을로 돌아오자 불안한 마음에 한마디씩 거들었다.

"아, 그 의원 놈들과 공무원들이 다 짜고 친 판에 우리가 놀아난 것 아닐까. 작가단체 이사 헌다는 그 형주 놈이 사실은 의원들허구 친헐 껴. 의원들뿐이것남. 지 아버지 때부터 익혀둔 공무원 끄나풀들이 얼머나 많컸어"

"아무리 그래도 이건 아무나 열어볼 수 있는 시청 홈페이지에 떡 허니 올려놨으니 눈독 드릴 수는 있는 거지. 거기에 딱 우리 협동조합만 신청헐 수 있다구 헌 건 아니자녀."

"형주 그놈 말이지, 사실 힘깨나 쓸 거여. 지 아버지 재산이 보통이었간디. 그 목욕탕 일대가 다 지 아버지 땅이었잖어. 지금은 목욕탕 옆 빌딩도 형주 꺼고 건설회사도 갖고 있댜. 그러니 높은 놈들이 다 누구 편이것어. 뻔헐 뻔 자 아니것어. 에이, 처음부터 헐 줄도 모르면서 뎀빈 우리가 바보여."

그렇게 기운이 빠져서, 속상하지만 어쩌겠냐면서 마음에서 절반쯤은 떠나보낸 채 며칠이 지났는데 떡하니 선정 통보를 받은 것이다. 영덕이 차려온 밥상인지 술상인지 모를 자리에 앉은 성호는 오전부터 막걸리는 좀 거시기 하다면서 엽차처럼 마시다 등을 뒤로 기댔다. 그런데 달수와 영덕은 건배를 자꾸 외쳤다. 성호도 기쁘지 않을 수 없었다. 그동안 소망하고 애태웠던 일련의 시간들이 주마등처럼 스쳐갔다. 귀촌해서 심산리 사람들에게 정말로 좋은 선물을 주었다는 생각에 뿌듯한 느낌이 가득 들어왔다. 기쁨에 겨워 얼굴에 웃음꽃이 가득한 달수와 영덕을 가만히 보니 신산스럽기 그지없었을 저들의 삶에 한 가닥 밝은 기운이 들어간 것 같았다. 이제 인생 후반부를 서로 의지하면서 걸어갈 벗으로 달수와 영덕의 얼굴이 화면 가득 들어왔다. 오늘은 저들과 이 큰 기쁨을 충분히 누려도 될 듯싶었다. 떠들썩하게 주거니 받거니 하면서 호탕하게 웃는가 하면, 서로 수고했다면서 손을 불끈 마주 잡기도 하였다.

시간이 정오를 훌쩍 지나고 술이 불콰하게 올랐지 싶었다. 누가 말했는지 우린 형제와 같다는 말도 들렸다. 어느덧 노랫가락도 자연스럽게 흘러나오는데, 달수가 자꾸만 핸드폰을 만지작거렸다. 취기 때문에 몸을 휘청이던 달수가 핸드폰을 귀에 대더니 소리를 꽥 질렀다.

"야, 조카! 얼른 뛰어오지 않구 뭐 해! 사람은 만났구? 어 그래, 올 때 막걸리 한 다발 들고 와!"

조카 철민이 상기된 얼굴로 나타난 것은 그 통화가 있고도 한참이 흘러서였다.

"삼촌! 역시 세상은 좁아유. 만나보니 다들 알 만한 사람들이에요. 이야기는 잘 됐어유."

달수가 어떤 심부름을 시켰는지 몰라도 일이 잘 됐다니 그 또한 좋은 일이었다. 오늘은 곳곳에서 반가운 소식들이 넘쳐나는 날이 틀림없었다. 술에 취해서 바라보는 눈 덮인 산야는 어떨까 궁금해진 성호는 조용히 밖으로 나왔다. 그런데 이게 웬일인가. 눈이 거의 보이지 않았다. 아니, 해님이 방긋방긋 웃으면서 서쪽 하늘로 기울어 있었다. 눈 녹듯 한다더니 이럴 때 하는 말인 것 같았다.

그런데 다시 방으로 들어가려고 신발을 벗던 성호는 멈칫하고 굳은 듯 멈춰 섰다. 뭔가 큰 소리가 들려왔다.

"이십 프로가 뭐여, 이십! 삼억에 이십 프로면 육천인디, 육천만 원을 달라고? 가라 서류는 자기들이 다 알아서 한다구? 그 가짜 작가 놈이 돈 욕심은 참 많네. 육천이면 작가협회 놈들이 우리보다 더 가져가겠다는 건디."

"삼촌! 우리는 아무 신경 안 써도 되고 손 안 대도 되는 거에요. 말허자면 이름만 빌려주고 우리 셋이 사천은 먹을 수 있어요. 결코 손해는 아니지 않을까유?"

버럭 소릴 질렀던 달수가 얼른 대답을 못 하자 영덕이 끼어들었다.

"다 좋은디 성호 형님은 어떻게 해? 사실상 최고로 애써주셨자녀?"

"야, 영덕아! 순진헌 소리 허덜 말어. 공모 신청인지 뭔지를 누구 이름으루 혔냐? 협동조합 이름으로 혔잖어! 내가 이사장이구, 너희 둘이 이사 아니냐. 세상이 다 그렇게 흘러가는 겨. 사실상 성호 성님이 무슨 자격으로 요구헐 수 있겠어. 안 그려? 더구나 동네에 온 지 얼마 안 된 외지인까지 우리가 챙겨야 헐 필요가 있겠어?"

성호는 그들이 눈치채지 못하게 발길을 돌렸다. 우묵한 골짜기 드문드문 흰 눈이 보였지만 오르내리는 길에는 눈 한 점 보이지 않았다. 서울에서 살 때 그토록 부딪혀 왔던 인간 군상들, 돈에 찌들다 못해 돈에 병든 인간들을 피해 산골 마을로 내려왔건만 이게 무슨 신세란 말인가. 몇 년 동안 심산리 사람들과의 만남은 성호 혼자만의 착각이었는지도 모를 일이었다. 맨 처음부터 서로 다른 곳을 바라보았는데 그것을 인지하지 못한 성호 자신의 잘못인지도 모를 일이었다. 어지러웠다. 성호는 카메라를 움켜쥐며 마을 회관 앞에 서 있을 느티나무를 생각했다. 아뿔싸! 느티나무에 흰 눈이 남아 있을 리 만무했다. 오늘 아침에 사택 동네에서 달수를 만나지 않았으면 더 좋았을 뻔했다. 5년 만에 흰 눈을 만난 그 기분으로 온

종일 좋아하는 사진을 찍으면서 구석구석 다녔다면 이런 더러운 기분은 없었을 것 아닌가.

아니, 아니다. 느티나무를 사진에 담고 싶다. 눈 녹은 느티나무를 사진에 담는 것이다. 그 누구의 눈에도 보이지 않겠지만, 사진가의 눈에는 보일 것이다. 사진 속 느티나무는 그냥 보통의 느티나무가 아니라, 방금 전에 흰 눈을 온몸 가득 뒤집어쓴 채 최고의 자태를 자랑했던 나무였다는 것을. 세상 사람들이 알아주지 않으면 어떻고 빛나지 않으면 또 어떤가. 성호는 걸음을 서둘렀다. 아름드리 느티나무를 빨리 보고 싶었다.

도둑의 조건

"자기야! 도두항 옆에 야산 있잖아. 거기가 유명한 오름이
었지 뭐야! 정말 환상이었어. 전망이 아주 끝내줬다구!"

"거긴 해발 얼마나 돼?"

"67미터야. 웃기지? 주차장에서 십 분이면 올라가. 그런데
그 쪼만한 봉우리에 올라가면 도두항, 마을 전경, 심지어 신
제주 쪽 도시 풍경도 한눈에 보여! 아, 코앞에 쫙 펼쳐진 공항
도 훤히 보이는데, 비행기가 이착륙하는 모습도 볼 수 있다
고. 세상에나! 우리가 제주에 가면 항상 지나다녔던 해안도로
에 딱 붙어서 그런 곳이 있었다니, 나 그동안 제주에 뭐 보러
다녔나 몰라. 제주에 숨은 비경이 그토록 많은지 몰랐어. 친
구들 아니었으면 어림도 없는 일이었어!"

'부처님 오신 날'이 주말과 이어진 연휴를 이용해 대학 때 유아교육과를 함께 다닌 단짝 친구 두 명과 이박삼일 제주 오름 여행을 다녀온 미정은 신바람이 났다. 기차역에 마중 나간 남편의 승용차에 오르기 무섭게 제주 이야기를 폭포처럼 쏟아내고 있었다.

"자기야, 새별오름이라고 들어봤지? 몰라? 아냐, 이름은 들어봤을 거야. 애월에서 중산간 쪽으로 10여 분 가면 나오는데 진짜 유명한 관광지였어. 주차장도 얼마나 큰지 몰라. 아주 커다란 구릉 지대를 오르면 협제 해수욕장 앞 비양도까지도 훤히 보이는데, 제주의 자연은 이런 것이구나, 하는 감탄이 절로 나와. 그래서 사람들이 제주, 제주 하는 거라는 생각이 들더라고. 푸른 초원처럼 풀들이 시원하게 펼쳐진 데다 확 트인 풍경을 보는데 세상에 부러울 게 아무것도 없더라니까. 자기 내 말 들어?"

"아이, 그럼 듣고 있지. 나도 다음에 제주에 가면 거기 가봐야겠네."

"아, 성시이돌인가 성이시돌인가 하는 목장에 가면 말이야. 왕따나무라고 있어. 거기 새별오름 바로 아랫마을에 있어. 하하하. 나는 그게 무슨 분류학적 이름인 줄 알았지 뭐야. 다른 말로 나홀로나무라고도 한다고 그래. 초원에 우뚝 혼자 서 있는 나무야. 아주 핫플이었어. 부챗살처럼 펼쳐져 있는데 사진 한번 찍으려고 사람들이 줄을 쫙 서 있어. 거기도 같이 가보자구."

미정은 정말 해방공간을 갔다 온 것처럼 호들갑을 떨었다. 결혼 후 직장 생활과 육아에 묶여서 혼자서는 나들이를 제대로 해본 적이 없었다. 항상 껌딱지처럼 붙어 있는 아들을 데리고 다녀야 했고, 외출해서 동료들과 커피숍에서 수다를 떨다가도 불안한 마음에 서둘러 일어나곤 했었다. 이번 여행처럼 멀리, 그것도 이박삼일이나 떠난 것은 결혼 후 처음이었다. 이제는 아들도 초등학교 2학년이 되어서 제법 의젓해졌기 때문에 아빠에게 맡기고 갔다 온 것이다. 이번 여행이 더욱 좋았던 것은 어쩌면 여자들끼리 떠난 여행이었기 때문인지도 모른다. 사실은 친구들과 여행 내내 '우리 여자들끼리 오니까 정말 좋다'라는 말을 여러 차례 했었다. 하지만 남편 앞에서는 당분간 그 말을 절대 입 밖에 꺼내지 않을 참이다.

신바람이 나서 여행 이야기를 쏟아내고 있는데 승용차가 벌써 마당에 들어섰다. 작년 가을, 빚을 한 다발 안고 살던 시내 아파트를 처분하고 십 분 거리 남짓 떨어진 남편의 고향 마을에 지은 집이었다. 미정은 여행 가방을 거실에 밀어 놓은 채 마당가 화단을 향했다. 집 규모에 비해 제법 큰 화단이었다. 마을 길을 따라서 십여 미터, 마당 안쪽 보일러실까지 이웃집과의 경계를 따라 이십여 미터나 되는 ㄱ자 모양이었다. 폭도 일 미터 남짓 되는데 미정과 남편의 소망이기도 했었다. 화단이 예쁜 집을 만들어서 사계절 꽃밭을 가꾸면서 지내는 것 말이다. 그래서 초목 관련한 책도 제법 사들였고 남편과 유튜브를 검색하며 수목에 관한 지식을 넓혀오고 있다.

이번 봄은, 작년 가을에 이사 온 집에서 겨울을 보내고 처음 맞이하는 계절이었다. 아니, 본격적으로 화단 가꾸기를 시작한 첫해였다. 그래서 해동이 되기 무섭게 화단에 쪼그리고 앉아 화초를 가꾸었다. 누군가 화단에도 거름이 필요하다기에 비싼 유기농 거름을 인터넷 쇼핑몰로 구입해서 곳곳에 뿌려주기도 했다. 길가에는 화살나무와 남천나무를 드문드문 심어서 답답하지 않은 경계를 만들었다. 또 집 쪽에 난 화단에는 꽃잔디와 영산홍을 심었는데 어느새 자리를 잡아가고 있다. 그리고 키 작은 동백나무와 장미도 한 그루씩 심고, 금슬 좋은 부부를 상징한다는 자귀나무도 심어서 매일 물 주는 재미에 푹 빠져 봄을 즐기는 중이다.

화단을 둘러보니 며칠 안 본 사이에 녀석들은 줄기가 제법 실해지고 잎도 더 넓어진 듯 보였다. 흐뭇했다. 볼품없던 꽃 몇 송이를 매단 채 홀로 서 있던 동백나무는 어느새 꽃잎을 떨구고 씨앗을 만들어가고 있었다. 이 동백나무가 새별오름 아랫마을에서 만났던 왕따나무처럼 멋지게 성장할는지도 모를 일이다. 어리다는 것은 나무든 사람이든 모두 희망이 있다는 것 아니겠는가. 잘 가꾸다 보면 대목이 될 수도 있는 법이라는 생각을 하면서 길가 화단에 심어 놓은 화살나무의 어린 날개를 만지작거렸다. 그때 퍼뜩 옆에 나란히 놓았던 문그로우나무 화분이 보였다. 그런데 아, 아, 이게 웬일이란 말인가. 미정은 소리치면서 거실에 있는 남편을 향해 달려갔다.

"여보! 큰일 났어. 나무가 없어졌어. 당신은 도대체 그것도 못 지키고 집에서 뭐 한 거야!"

"뭐라구?"

"아, 왜 내가 저기 저 마당 입구에 화분 네 개 갖다 놓았잖아. 그런데 두 개밖에 없어. 누가 뽑아갔잖아."

미정이 헐레벌떡 들어와서 하도 요란하게 소리치는 바람에 남편이 어리둥절한 표정으로 화살나무 쪽을 바라보았다. 분명히 사람 키만 한 문그로우나무 네 그루가 화분에 담겨 있었는데 두 그루밖에 보이지 않았다. 화분 두 개는 옆으로 넘어졌고 흙이 밖으로 쏟아져 나와 있었다. 아내는 정신을 못 차리고 허둥거렸다.

"어떡하지, 어떻게 하지? 문그로우 저 나무 비싼 거란 말이야! 도대체 누가 가져간 거야! 아니, 남의 집 화단에 있는 나무를 훔쳐 가는 사람도 있어? 안되겠어. 내가 찾아낼 거야."

미정은 말이 나오기 무섭게 운동화를 신고 산 쪽에 들어선 집들을 향해 뛰었다. 마치 무슨 확신이라도 있는 듯이, 막 나무를 가지고 도망가는 사람을 쫓아가듯이 달려나갔다. 미정은 어린 시절에 동네 또래들 가운데 달리기를 제일 잘했던 실력이 되살아나기라도 했는지 윗동네 삼거리에 있는 집 앞에 금방 도착했다. 그런데 막상 대문 앞에 서니 들어갈 엄두가 나지 않았다. 고개를 길게 빼고 화단 쪽을 살펴보았다. 감나무와 밤나무에 가려서 키 작은 나무들은 잘 구별할 수 없었다. 갑갑해진 미정은 내친김에 안쪽에서 자라는 밤나무 쪽으로 성큼 걸음을 옮겼다. 밤나무 주변에 자라는 나무들을 기웃댈 때였다. 저녁 밥상을 준비하는 듯 주방에서 서성이던 중년 아주머니가 거실에 난 큰 유리문을 열고 소리치듯 물었다.

"아니, 무슨 일이세요! 어디서 오셨어요?"

"아, 아니, 저희 집 나무가 안 보여서요. 문그로우 두 그루가 없어졌어요."

"예? 그렇다고 해서 남의 집에 함부로 들어와서 돌아다니면 어떻게 해요? 나는 문그로우가 어떻게 생겼는지도 몰라요. 그런데 어디 사세요?"

"아, 어, 키는 저만 한데 뾰족한 향나무처럼 생겼어요. 늘씬한 게 이쁘고 고와 보이거든요. 제가 비싼 돈 주고 사 온 건데…."

"그래서, 어디 사시냐니까요?"

"아, 어, 저 아래…."

이건 엄연히 무단 침입이었다. 게다가 이 집에 와서 잃어버린 나무를 찾는다는 것은 곧 이 집 주인을 용의선상에 올렸다는 의미를 담고 있는 것이 아니던가. 미정은 정신이 화들짝 들었다. 주인아주머니의 싸늘한 대응이 이제야 이해가 되었다.

"죄, 죄송합니다. 제가 급한 나머지 결례를 했어요. 정말 죄송합니다."

머리를 연거푸 숙이면서 죄송하다고 말하며 뒷걸음질친 미정은 도망치듯 삼거리 집을 빠져나왔다. 하마터면 큰일 날 뻔했다는 생각이 들었다. 그럴 일은 없겠지만 혹시라도 저 아주머니를 유치원에서 만날 수도 있는 일 아니던가. 예의 바르고 얌전한 유치원 교사가 이런 몰염치한 짓을 했다고 한다면 해명하는 데 곤욕을 치를 것이 뻔했다.

이번에는 삼거리를 돌아 약간 들어간 곳에 위치한 뒷집을 찾았다. 처음 보는 집인데 참으로 멋진 집이었다. 서양의 고급 주택을 연상케 하는 중후한 장식을 사방에 두른 이층집이었고 웬만한 가정집보다 예쁘게 지은 부속 건물은 창고로 사용하는 듯 보였다. 이번 봄에 막 조성한 듯한 화단은 길가에 조그맣게 만들어진 것이 전부였다. 나무는 한 그루도 없고 수선화, 노루귀, 얼레지, 복수초 따위의 야생화뿐이었다. 집주인이 야생화에 꽤 조예가 깊어 보였다. 이렇게 정갈하고 고급한 집에 사는 사람이 살짝 부러웠다. 미정은 얼른 발걸음을 옮겼다. 그 다음 집은 화단에 제법 키 작은 나무가 빼곡했다. 그런데 영산홍, 개나리, 향나무가 전부였다. 나무들이 촘촘하게 자라고 있었고 제법 오랫동안 가꾼 화단이었다. 문그로우와 조금이라도 비슷한 나무는 한 그루도 보이지 않았다.

미정은 곧장 마을 안길을 따라 올라갔다. 요즘 각광 받는 전원주택지답게 새로 지은 집이 참 많았다. 어디서 어떻게 알고들 찾아왔는지 이곳저곳 방향도 제각각인데 나름 멋을 부린 티가 확연했다. 큰 저택은 찾아볼 수 없는 것이 다들 고만고만하게 살아간다는 생각이 들었다. 그중 집 장수가 지은 듯 세 채를 똑같은 모양으로 지은 곳에 이르렀다. 화단이 아예 없다시피했다. 손바닥만 한 공간에는 아직 흙만 채워져 있었다.

내친김에 등산로 입구 마지막 집이 있는 곳까지 찾아가면서 화단이란 화단은 모두 살펴보았지만 그 늘씬한 문그로우는 보이지 않았다. 눈썰미 하나는 남에게 뒤지지 않는다고 자부하는 미정은 혹시나 하는 마음에 내려오면서 다시 살펴보기 시작했다. 그런데 어느덧 어스름이 깔리기 시작했는지 좀 떨어진 곳에 위치한 화단에 있는 나무는 잘 구별되지 않았다. 그러자 불현듯 어깨가 축 처지고 다리가 욱신거리기 시작했다.

터벅터벅 걸어서 집으로 들어온 미정을 보더니 남편이 한마디 했다.

"아이쿠, 서울 가서 김 서방 찾는다더니 거기가 어디라고 찾아다녔어? 그것도 걸어서 말이야. 자전거라도 타고 나갈 일이지. 어서 들어와 쉬어!"

"아니야, 난 찾을 수 있어. 그 나무를 사면서 내가 얼마나 고심한 줄 당신은 모를 거야. 나뭇값이 왜 그렇게 비싼지 몰라. 내가 화단에 썸뻑 심지 않고 화분에 심어 놓은 것은 혹시나 누가 원한다면 좀 더 값을 매겨서 팔 수도 있기 때문이었거든. 그리고 내가 여행 떠나기 전날 저녁에 뿌리 쪽에 전지를 했기 때문에 금방 확인할 수 있다고!"

"에이, 아무리 세상인심이 사납다 해도 한동네에 살면서 남의 집 나무를 훔쳐가는 사람이 어디 있겠어? 다른 동네 사람이겠지. 그 나무를 갖다가 버젓이 자기 화단에 심어 놓는 강 심장이 어디에 있겠냐구?"

　여행에서 돌아왔으니 아들도 챙겨야 하고 주저리주저리 늘 어놓을 여행 뒷이야기가 많았지만 내키지 않았다. 밥때가 되 었는데 밥 생각도 나지 않았다. 시무룩해진 미정은 거실 밖 데크에 나와서 덩그러니 화분에 담겨 있는 문그로우 두 그루 를 우두커니 바라보았다. 그 화분 옆 마을 길로 승용차 한 대 가 유유히 지나갔다. 아마도 새로 이사 온 사람인 듯싶었다. 아니, 저 윗동네에는 아는 사람이 거의 없다. 남편의 고향 마 을인데도 불구하고 남편도 마찬가지다. 동네가 시내에서 십 분도 안 걸리기 때문에 마을이 전원주택 단지로 변해버린 것 이다.

　걸어서 5분도 안 걸리는 윗동네도 원래는 한마을이었는데 집들이 닥지닥지 생겨나면서 언제부턴가 윗동네라고 부르고 있다. 이사 온 사람들은 대부분 바로 옆집과도 교류를 하지 않기 때문에 누구네 집 소식을 물어볼 길도 없었다. 누구나 차를 몰고 다니기 때문에 지나가면서 목례라도 할 일이 없었 다. 아마 저 승용차도 풀방구리에 생쥐 드나들 듯 자기 집만 왔다갔다할 것이 분명했다. 그때 지나는 승용차 너머 앞집 지 붕 위에 오리주둥이처럼 불쑥 튀어나온 물체가 보였다. 어두

워서 잘 보이지 않아 가까이 다가갔다. 옳거니, 시시티브이였다. 미정은 단서라도 발견한 듯이 표정이 밝아져서 집 안으로 들어갔다.

"여보! 있어, 있어!"

"뭐가 있어, 있기는?"

"씨씨티비 말이야! 앞집에 있어! 같이 가자구!"

"아, 그런데 아저씨가 보여줄까?"

시청 과장으로 정년퇴직을 하고 이 동네로 이사 왔다는 앞집 아저씨는 생김새만큼이나 꼬장꼬장했다. 항상 입술을 옹다물고 다니는데 예의상 인사말을 건네도 마른침을 삼킬 뿐 고개 한번 까딱하는 법이 없었다. 아니, 딱 한 번 말을 걸어온 적이 있었다. 작년에 집을 지을 때 레미콘 차량들이 드나들자 집 앞 도로에 흙이 덕지덕지 묻은 일이 있었다. 그러자 "여기 청소 잘해야 하겠네"라면서 도끼눈을 보여주었다. 미정은 "예, 그럴게요"라고 공손히 말했고 남편과 열심히 물을 뿌리고 청소를 했었다. 그런데 다음 날 아침에 나와보니 앞집 아저씨가 물청소를 또 하고 있었다. 아마도 우리가 청소한 것이 마음에 들지 않은가 보았다. 그때 이미 만만찮은 분이라는 생각이 들었고 매사에 조심하고 있었다. 그냥 고개만 까딱할 뿐 달리 말을 섞을 일이 없었고, 계절이 몇 번 바뀌었지만 앞집에 단 한번도 들어가보지 못했다. 시시티브이를 보려면 집 안에 들어가야 할 텐데 선뜻 허락해줄지 모를 일이었다.

"저, 아저씨! 죄송하지만 씨씨티비 좀 돌려볼 수 있을까요? 저희 집 화분에 심어 놓은 나무가 없어졌거든요."

"뭐? 아니, 언제? 누가 그런 짓을 했을까?"

"틀림없이 지난 연휴 사이에 가져갔어요."

"그런데 저 씨씨티비가 여기를 비추나 모르겠네. 그리고 지난 연휴라면 삼사일을 돌려봐야 하는데, 찾을 수 있을까."

앞집 아저씨는 아무 말도 없이 화분 주변을 왔다 갔다 서성이더니, '어려울 것 같아'라고 혼잣말을 하면서 철 대문을 철커덕 닫고 들어가버렸다. 시시티브이를 보여준다는 것인지 안 보여준다는 것인지 도무지 알 수 없었다.

다짜고짜 떼를 쓸 수도 없고, 윽박지르듯 할 수도 없는 난감한 상황이었다. 더구나 앞집 아저씨는 거실 현관문을 닫는가 싶더니 바깥 불까지 꺼버렸다. 미정은 다소 마음이 상했으나 어찌할 도리가 없었다. 어쩌면 지난해 가을 이곳으로 이사온 이후 앞집과 처음으로 주고받은 대화였지 싶었다. 진작 좀 친하게 지낼 걸 싶었으나 소용없는 일이었다. 요즘은 이 마을도 도시와 똑같이 저마다의 울타리 속에 스스로를 가두고 살지 않던가. 마을 공동체라는 말은 역사책 속으로 숨어버린 지 이미 오래되었다.

　저녁밥도 먹는 둥 마는 둥 하고 설거지도 그냥 쌓아 둔 채 멍하니 소파에 앉아 생각을 더듬어보았다. 미정이 제주를 여행하는 동안 이곳 중부지방에는 추적추적 비가 끊이지 않았으니 그 도둑은 빗속에서 그 짓을 저지른 것 아닐까. 비를 맞으면서 화분을 쓰러뜨리고 흙 묻은 나무를 가져갔다? 승용차로는 어려웠을 것이다. 나무가 부피는 작지만 키는 제법 사람만큼 되니까 비에 젖은 나무를 승용차에 싣기는 더욱 어려웠을 것 아닌가. 그렇다면 트럭을 사용했을 가능성이 높아 보였다. 내일은 새벽녘에 마을을 돌면서 트럭 있는 집을 집중적으로 살펴봐야 하겠다는 생각이 들었다.

　다음 날, 날이 밝기도 전에 눈이 번쩍 떠졌다. 주섬주섬 나갈 채비를 하는데 남편이 벌떡 일어나 따라나섰다. 그런데 앞집 아저씨가 앞에서 손짓을 했다. 들어오라는 뜻이었다. 우리가 나오기를 기다린 것 같았다. 우리는 얼른 따라 들어갔다. 두 노인이 사는 집 거실은 참 정갈해 보였다. 바닥에는 티끌 하나 보이지 않았고, 수납장에 꽂힌 무슨 자료들은 자로 잰 듯 질서정연했다. 이미 시시티브이 모니터가 한 장면에 멈춰 있었다. 주인장은 모니터를 손짓하면서 한마디 했다.

　"알아볼 수가 없어."

누군가가 문그로우나무를 트럭 같은 차량 짐칸 중간에 싣더니 부르릉 떠나는 장면이었다. 우산도 안 쓴 채 대단히 빠른 몸짓이었다. 그러나 어둠이 사위를 감싸는 초저녁이어서 얼굴도, 트럭 번호판도, 심지어는 트럭에 실린 다른 물건들도 식별할 수가 없었다. 그냥 어떤 덩어리가 잠시 멈췄다 떠나는 정도라고 하는 것이 맞다 싶었다. 시시티브이를 뒤로 더 돌려 봤지만 들어오는 장면은 온통 어둠이어서 전혀 보이지 않았다. 미정과 남편은 앞집 아저씨에게 연신 고개를 주억거리면서 밖으로 나왔다. 감사하다는 말도 대여섯 번은 되뇌었다. 누군지 특정할 수는 없지만 단서는 분명히 찾은 것이다.

"자기야! 윗동네 사람 맞아. 트럭 있는 집을 샅샅이 살펴보자고! 참, 별 도둑이 다 있다. 그치?"

미정은 호기롭게 팔을 번쩍 치켜들면서 잰걸음을 걸었다. '전진!'이라고 소리만 안 질렀을 뿐이지 진군하는 군 장병처럼 보였다. 어제처럼 첫 번째는 삼거리 집이었다. 이번에는 얼핏얼핏 보았다. 끝이 뾰족하게 올라온 나무가 있는지만 확인하면 되는 일이었다. 문그로우는 그 수형이 하단도 폭이 좁지만 상단이 피라미드 끝처럼 작아지는 특징이 있다. 얼핏 보면 향나무와 구별이 안 될 수도 있지만, 미정과 남편의 눈을 피해 가기는 어려울 것이다. 어떤 사람들은 그 나무의 수형이 하도 예뻐서 크리스마스나무라고도 부른다는 사실쯤은 부부가 잘 알고 있다.

삼거리 뒷집을 지나고 집 장수가 지은 쌍둥이 집들도 지나고 제법 미술관처럼 멋을 부려 지은 집의 화단을 바라보면서 부부가 고개를 쭉 빼고 있을 때였다.

"아니, 일찍 나오셨네유. 그런디 거기 뭐 있대유?"

부녀회 총무로 마을 일을 도맡다시피 하고 있는 송자 언니였다. 송자 언니는 이 마을에 시집와서 신혼 시절부터 줄곧 마을에 살아온 사람이었다. 농부의 아내로 살면서 일도 억척스럽게 하지만 새벽 운동도 열심이고 마을 일도 앞장서는 사람이었다.

"아, 형수님! 운동하셔유? 저희들 도둑맞은 나무 찾으러 다녀요."

"예? 무슨 나무요?"

"저희 집 출입구 화분에 심어 둔 나무와 똑같은 거예요. 사람 키만 한데 날씬해서 작아 보여요."

"아니, 세상에! 별스런 일이 다 있네유. 내 한번 내려가면서 어떤 나문지 봐야겠네유. 참 나, 나도 이 동네 새로 이사 온 사람들을 알 수가 없으니 어디 물어볼 데도 없네유."

남편과 같이 다니니까 훨씬 편했다. 남편이 이쪽을 보면 미정이 저쪽을 본다든가, 뒷집을 보면 앞집을 본다든가 하면서 동네를 구석구석 살펴보았다. 정말 새로 지은 집들이 많았다. 어떤 곳은 집터만 장만해 둔 채 화단을 먼저 만든 집도 보였다. 이제 농사일이 바쁜 시기가 시작되어서인지 이미 논밭을 오가는 사람들을 몇 명 더 만나게 되었다. 다들 남편이 어린 시절부터 알고 지냈던 고향 터줏대감들이었다. 노인회 총무님과 청년회장 그리고 남편의 사촌 큰형님도 만났는데, 우리 이야기를 들은 동네 사람들은 하나같이 혀를 끌끌 찼다. 세상이 참 인정머리 없어졌다고, 참으로 이기적인 세상이라고 말하면서 안타까워했다. 노인회 총무님은 "예전 같으면 동네에서 이런 일은 결코 있을 수 없었다"면서 "모두 다 저 이사 온 놈들 탓"이라고 말하며 들으라는 듯이 소리를 질렀다. 하지만 그들을 소집할 수도 없고 마을 회관 방송에 대고 말한다 해도 누구 한 사람 관심을 가질 리 없다는 것을 이심전심으로 알고 있었다.

등산로 입구 끝 집까지 샅샅이 살펴봤지만 아무런 소득이 없었다. 힘이 빠졌다. 눈에 보이지 않는 이상 별도리가 없었다. 일 톤짜리 트럭 있는 집은 한 집도 보이지 않았다. 아마도 이사 온 사람들은 이른바 귀촌한 사람들 같았다. 대체로 새 집이기 때문이기도 하겠지만, 하나같이 울타리 안쪽이 깔끔하게 정돈되어 있었다. 농사짓는 집이라면 농기계나 창고가 필수일 테지만 그런 규모의 창고도 몇 집 보이지 않았다.

미정은 뒤돌아서 집을 향했다. 벌써 해가 중천에 떴으니 출근 준비를 서둘러야 했다. 아들의 등교 준비도 도와줘야 한다는 생각에 마음이 바빠졌는데 발걸음이 잘 떨어지지 않았다. 깍두기처럼 직사각형 모양의 집인데 창이며 외벽이 고급스러워 보이는 집 앞 잔디 위에서 어린아이가 놀고 있었다. 미정이 담임을 맡은 만 다섯 살 다정한반 아이쯤 되어 보였다. 미정은 오늘도 하루 종일 저런 아이들과 씨름해야 한다는 생각이 들자 왠지 마음이 편치 않았다. 철민이가 떠올랐기 때문이다.

철민이는 또래 아이들에 비해 꽤 조숙한 아이다. 한글이나 수 공부도 가장 앞서 나가고 발표도 또렷하게 잘한다. 또한 가만히 보면 아이들과 놀 때 대체로 친구들을 리드하는데 아이들이 잘 따라다니고 흉내 내기를 좋아한다. 3월 신학기에는 미정도 철민이가 귀엽고 듬직하기만 했는데 한 달 전쯤 도벽이 있는 것을 알게 되었다. 블록 수납장 한 칸에 건담과 포켓몬 피규어 한 바구니를 정돈해 놓았는데 어느 날 보니 수량이 줄어 있었다. 그 후 유심히 살펴봤더니 철민이가 호주머니에 넣는 게 아닌가. 바로 주의를 줘서 해결됐나 싶었는데, 이번에는 교사용 책상 한쪽에 올려 둔 사탕을 살짝 가져가다 현장에서 발견되었다.

철민이는 엄마가 학교 교사이고 아빠는 교수이기 때문에 도무지 이해가 되지 않았다. 경제 사정이 특별히 어렵지 않은 것 같고 부모님이 교육자이니 얼마나 알뜰히 보살펴 주겠는가. 미정은 철민의 엄마에게 전화로 사실을 말씀드렸고 상황이 끝난 줄 알았다. 철민의 엄마는 "잘 알겠습니다. 주의를 분명히 주고 알아듣게 훈육할게요"라면서 부모와 담임교사가 함께 노력하자고 했었다. 그런데 일주일쯤 전에 미정은 퇴근을 준비하다 깜짝 놀랐다. 아이들 교구를 예쁘게 하려고 나무 블록 여섯 개에 보석 줄을 글루건으로 붙여놨는데 블록 세 개에서 보석 줄이 사라져버린 것 아닌가. 아이들은 모두 하원했으니 확인할 길이 없었다. 그래서 혹시나 하고 아이들의 사물함을 하나하나 열어보았는데 찾을 수 없었다. 철민의 짓이라는 심증만 있을 뿐 물증이 없으니 난감했다. 다음 날 아이들에게 물어보았으나 아무도 보석 줄의 행방을 몰랐다. 그 후 미정의 시선은 시시때때로 철민에게 가곤 했지만 이렇다 할 단서는 찾을 수가 없다. 어쩌면 오늘은 더욱 철민에게 시선을 줄 것만 같으니 마음이 편하지 않았다.

유아교육학에서는 아이가 남의 물건에 손을 대는 것은 제대로 돌봄을 못 받아서 물건으로 대신 욕구 충족을 하는 것이라고 해석한다. 그런데 그 아이의 내면으로 들어가볼 수도 없고, 가정 사정을 세밀하게 알 수 없으니 무슨 욕구가 부족한지 교사가 어찌 알 수 있단 말인가. 그렇다면 어른이 도둑질을 하는 것도 비슷한 맥락으로 바라봐야 할까. 금덩어리나 돈뭉치도 아니고 기껏 어린나무 두 그루를 말이다.

허겁지겁 유치원에 출근해서 부산스럽게 하루를 보냈는데 온종일 멍한 기운이 사라지지 않았다. 퇴근 후에 자전거를 타고 윗동네를 한 바퀴 돌아봤지만 문그로우는 불구하고 트럭한 대 보이지 않았다. 유치원에서는 '정직하게 말하고 행동해요'라는 기본 생활 습관을 강조하며 정직의 가치를 가르치지만 그게 무슨 의미가 있을까 싶기도 하였다. 뉴스에서는 국가의 리더 그룹에 속한 사람들이 몇 억, 몇 십 억을 도둑질하고도 뻔뻔스런 모습을 하루가 멀다 하고 보여주지 않던가. 오늘도 저녁을 먹으며 텔레비전을 켰더니 어떤 장관이 나와서 자신은 결백하다며 기자회견을 하고 있었다. 남편이 "큰 도둑질은 원래 많이 가진 놈이 허는 거여"라면서 "우리도 앞으로를 대비해서 씨씨티비를 설치하자"고 제안했다. 미정은 반대할 이유가 없었다. 기왕 설치할 바에는 성능 좋은 것으로 구석구석 매달기로 했다.

주말이 되어 설치 기사가 방문해서 사다리를 타고 올라가 시시티브이를 설치할 때였다.

"아이구, 소 잃고 외양간 고치는구면."

부녀회 총무인 송자 언니였다. 송자 언니는 미정의 옷깃을 잡아당기며 따라오라는 신호를 보냈다. 무슨 할 말이 있는 듯했다. 아뿔싸! 삼거리 뒤 이층집 창고 옆에서 미정의 집 입구에 있는 문그로우와 똑같은 나무를 보았다는 것 아닌가. 좀 전에 운동 삼아서 동네를 돌다가 보았다는 것이다. 미정은 잠시 귀를 의심했다. 이층집이라면 윗동네에서 제일 고급 주택이 아니던가. 얼른 납득할 수 없었다.

약간 미심쩍었지만, 미정은 남편을 동반하고 헐레벌떡 삼거리 뒷집을 찾아갔다. 예쁘게 지은 창고 뒤쪽에 문그로우가 보였다. 재빨리 아래쪽 뿌리 부분을 보았더니 미정이 전지한 흔적이 그대로 있었다. 미정은 가슴이 벌렁거려서 현관문을 밀고 들어갈 자신이 없었다. 그래서 남편에게 얼른 들어가보라며 손짓했다. 육십 대 중반쯤 되어 보이는 곱상한 아주머니가 무슨 일이냐며 나오자, 미정이 다가가 자초지종을 설명했다.

"아이쿠, 그 냥반 또 그랬나 보네. 나무가 참 예쁘다, 예쁘다 하더니 그런 일이 있는 줄은 상상도 못 했네요. 나 못 살아! 이걸 죄송해서 어쩐대요!"

아저씨는 어디에 가셨냐고 묻자, 친구들과 골프 치러 갔는데 저녁에 온다는 것이다. 이제 현장을 확인했고 도둑을 잡았으니 급할 것도 없었다.

"그럼 이따 아저씨 오시면 저희 집으로 오시라 전해주세요!"

미정이 쌀쌀맞게 말하면서 뒤돌아서는데 아주머니가 혼잣말처럼 말했다.

"정말 지긋지긋하네 이거. 시골로 내려와서 조용하나 했더니 지 버릇 개 못 준다니까. 어찌 내 꺼는 내 꺼구, 니 꺼도 내 꺼냐구."

저녁 해가 노을을 만들고 있을 때였다. 집 안마당으로 차량이 소리 없이 들어왔다. 조그만 오픈 적재함이 연결되어 있고 루프탑을 장착한 고급 레저카였다. 부드럽게 문이 열리더니 소리 없이 차문이 닫혔다. 미정은 눈이 휘둥그래져서 마당을 응시했다. 차에서 내린 초로의 사내는 몸에 짝 달라붙는 골프웨어 차림이었다. 현관에 들어온 사내는 인사도 없이 무릎을 꿇고 고개를 숙였다. 사내에게서 알싸한 향수 냄새가 풍겼다.

노인을 찾아서

장마가 끝나고 본격적인 무더위가 시작된 아스팔트 길은 후끈 달아올랐다. 데일 듯한 복사열을 아랑곳하지 않고 계속 서 있는 것은 무모한 짓이었다. 그렇다고 해서 그냥 떠날 수도 없는 노릇이다 보니 미숙은 와락, 짜증이 밀려왔다. 등줄기에서는 제법 땀방울이 흐르기 시작하고 햇빛을 이기지 못한 눈자위가 이맛살을 찌푸렸다. 무슨 방법이 없을까 궁리하던 미숙은 문득 짚이는 게 있어 길 건너 편의점으로 달려갔다. 편의점 폐쇄회로 텔레비전 중 하나가 분명히 미숙의 차량을 비추고 있었다.

"혹시, CCTV 좀 돌려볼 수 없을까요? 제가 조그만 박스를 제 차 트렁크 옆에 놓았는데 없어졌거든요."

"그래요? 요즘도 남의 물건 그렇게 집어가는 사람이 있나. 이곳저곳에서 카메라가 쌍눈을 켜고 있는데 말이야. 그런데 저는 이것 만질 줄 몰라요. 관리회사 불러야 돼요. 비밀번호도 그 사람들만 알거든요."

정말 나이가 많아서 그런지 어딘가 병색이 깊은 것인지 알 수 없지만 머리카락이 반백인 주인아주머니는 종종거리는 미숙을 아랑곳하지 않은 체 태연하기 그지없었다. 경비업체 회사라는 곳이 급한 일이 아닐 경우 몇 시간씩 기다려야 한다는 것이다. 저 폐쇄회로 텔레비전을 한 시간 전으로 돌려보면 누구의 짓인지 분명히 알 수 있다는 확신이 생긴 미숙은 더욱 조급해졌다. 하지만 세상에는 세상 나름의 법칙이 있고 폐쇄회로 텔레비전의 주인은 분명히 편의점 주인이므로 미숙이 강제할 수 있는 것은 아무것도 없었다. 영업에 지장이 있다면서 나가라고 하지 않는 게 다행이다 싶었다. 내가 급하다고 해서 관리회사 직원을 당장 끌고 올 수도 없는 노릇이었다. 난감해진 미숙이 안절부절못하자 주인이 관심을 보였다.

"그런데 그 박스 속에 뭐가 들어 있어요?"

아, 순간 미숙은 선뜻 입을 열지 못했다. 박스 속에 담아둔 것이랬자 귀중품이라고 하기에는 좀 거시기하고 중요하지 않다고 말하는 것도 상황상 어울리지 않았다. 머뭇머뭇하던 미숙이 입을 열었다.

"아이들 물건하고 제 다이어리가 들어 있어요. 다른 것은 몰라도 다이어리는 중요한 것이 많이 기록되어 있어서 잃어버리면 안 되는데 큰일이네요."

사실은 다이어리에 기록된 것이랬자 아이들 학원 시간표나 새로 분양하는 아파트와 관련된 기록, 미숙의 개인적인 스케줄 따위가 전부였다. 아! 미숙이 총무를 보는 친구들 반지계 모임 내역을 적은 작은 서류와 근옥이 준 이번 달 곗돈 오만 원도 엘(L) 자 파일에 넣어 다이어리 한 켠에 끼워 두었다. 중요한 것은 좀 전에 블록방 하는 친구 근옥에게서 얻은 나무 블록과 아이들 시장 놀이 도구라고 할 수 있었다. 하지만 중고 블록을 잃어버렸다고 하면 좀 약하다는 생각이 들어서 대충 둘러댔다. 블록방을 하는 근옥이는 요즘 장사가 얼마나 잘 되는지 새로 블록을 들여왔다면서 얼마 쓰지도 않은 값비싼 블록을 선뜻 미숙에게 주는 것이 아니던가. 고맙다는 인사치레도 할 겸 마침 점심시간이어서 근옥과 블록방 앞 식당에서 식사를 간단히 하고 와서 차 문을 열려던 순간, 미숙은 문득 떠오르는 게 있었다. (그래서) 얼른 트렁크 문을 열어보았다. 아뿔싸! 역시 보이지 않았다. 나무 블록이며 시장 놀이 도구 따위가 담긴 그 작은 종이 상자가 사라진 것이다. 서둘러 식당에 들어가면서 그만 박스를 트렁크 옆에 놓고 그냥 들어간 것이다. 나이 들어가면서 건망증이 심해진다며 친구들이 이구동성인데 미숙이 꼭 그 꼴이었다.

"그렇게 중요한 물건이라면 경찰을 부르시지 그래요. 예전에도 한번 경찰이 와서 CCTV를 열어본 적이 있거든요."

"예? 이런 일로도 경찰을 불러요?"

"그럼요. 주민들이 어려운 일 만나면 도와주는 게 경찰 아닌가요? 요즘 경찰들 많이 친절해졌어요. 그리고 물건을 잃어버렸으면 도둑 잡는 것인데 그 일을 경찰이 안 하면 누가 해요?"

도둑이라, 미숙은 그것을 도둑질이라고 말해도 좋을지 잠시 망설여졌다. 하지만 지금 상황에 할 수 있는 뾰족한 수가 없는 이상 그것도 방법이 아닐까 하는 생각이 들었다. 어떤 물건이 중요하고 안 중요하고는 개인에 따라 다른 법 아니던가. 편의점 밖에 나와 서성이면서 골똘히 생각하던 미숙은 입술을 옹 다문 채 스마트폰을 꺼내서 112번호를 눌러 상황을 설명했다. 몇 분 지나지 않았는데 기다렸다는 듯이 나타난 경찰차에서 경찰관 두 명이 내렸다. 미숙은 발딱 일어섰다. 편의점 한 켠에 앉아 있던 사람들의 시선도 일제히 문을 밀고 들어오는 경찰관을 향했다.

"물건 도둑맞은 분이 누구세요?"

"예, 저 앞에 있는 차 트렁크 옆에 놓았는데 식당에 들어갔다 나왔더니 없어졌지 뭐예요."

"뭐 잃어버리셨어요?"

"아이들 장난감하고 다이어리, 그리고 중요한 서류가 담겨있어요. 여기 CCTV로 딱 저 차 위치가 보이거든요. CCTV만 확인해보면 알 수 있는데…."

키가 크고 선임인 듯한 경찰관은 주인에게 양해를 구하고 폐쇄회로가 보이는 컴퓨터에 앉아 조작을 시작했다. 폐쇄회로 관리회사와 통화를 하면서 컴퓨터를 만지던 경찰관이 키가 작고 젊은 경찰관과 조작 방법을 숙의하는가 싶더니 화면이 돌아가기 시작했다. 폐쇄회로는 쏜살같이 시간을 거슬러 미숙이 박스를 든 채 차를 향해 걷는 장면이 보였다.

"어! 보인다, 보여!"

하던 일을 멈추고 컴퓨터 주위를 둘러쌌던 사람들의 입에서 무슨 대단한 발견이라도 한 듯 탄성이 터졌다. 순간 미숙은 안도하면서도 박스 속에 들어 있는 중고 블록이 생각나서 몸이 왠지 움츠러들었다. 그런데 화면 속의 미숙은 박스를 차량 트렁크 옆에 놓더니 망설임 없이 떠나버리는 것 아닌가. 미숙은 그때 자신이 무슨 생각을 했길래 그렇게 훌쩍 가버렸는지 모를 일이었다. 화면 속에서는 차량 옆으로 빠르게 이 사람 저 사람 지나가는가 싶더니 자전거 한 대가 우뚝 멈춰섰다. 그러더니 한 치도 망설이지 않고 박스로 다가가 펼쳐보고는 바로 뚜껑을 덮었다. 그리고 자전거 뒷좌석에 성큼 올려놓더니 유유히 떠나가는 것 아닌가. 아! 폐휴지, 바로 그거였다. 미숙이 낡은 블록을 보이지 않게 하려고 블록 위에 신문지를 몇 장 올려놓았었는데 그게 폐지를 담은 상자인 줄 알고집어 간 것이다. 키 큰 경찰관이 작전을 지시하듯이 말했다.

"70대, 남자, 흰 모자, 자전거! 한 순경, 빨리 가자! 멀리 가지는 못했을 거야! 아줌마! 뒤에 타욧!"

순간 미숙은 작전을 수행하듯 달려드는 경찰관에게 미안한 마음이 들어서 포기하자고 할까, 하는 생각도 들었다. 하지만 경찰관이 워낙 눈을 크게 뜨고 개선장군처럼 앞장서 걷는 데야 도리가 없었다. 우물쭈물할 사이도 없이 달리듯 따라가 경찰차 뒷좌석에 앉았다. 경찰관들의 각진 태도와 재빠른 동작이 마치 만화영화에 나오는 민완 형사 같았는데 사안을 생각해보니 좀 과한 것이 아닌가 싶었던 미숙은 쿡, 하고 웃음마저 새어나왔다. 하지만 진지하기 이를 데 없는 경찰관들 앞에서 함께 진지해지는 것이 도리이다 싶었다.

"한 순경! 저 건너 마을 회관 가는 길 있지? 그쪽 골목길로

가 봐! 그쪽에 고물 줍는 노인들 집이 여러 채 있어."

조수석에 앉은 선임이 지시하자 경찰차가 빠른 속도로 골목길을 누비기 시작했다. 미숙은 왠지 별것 아닌 것 가지고 야단법석을 떤다는 생각이 스치면서 경찰관들에게 미안한 생각이 들었다.

"죄송해요. 제가 주변머리가 없어서 바쁜 분들 고생시키네요."

"아닙니다. 매일 하는 일인데요, 뭐. 우린 뭐든 해결합니다. 쑤시면 다 찾을 수 있고 모두 나오게 돼 있어요. 어! 김 경장님! 이쯤에 있을 것 같아요."

아닌 게 아니라 골목길을 몇 번 돌아서 들어가자 낡은 대문 너머로 박스나 폐휴지를 묶어 놓은 집이 드문드문 보였다. 그런데 제법 따가운 날씨 탓인지 인적이 보이지 않았다.

"야, 안 되겠다. 저기 저 옆에 차 세워 봐! 내려서 찾아보자고!"

차가 멈춰서자 경찰관 두 명이 잽싸게 내려서 이 집 저 집 기웃거렸다. 미숙은 차 안이 갑갑하기도 하고 경찰관들을 도와줘야 하겠다는 생각이 들어서 차문 손잡이를 밀었다. 그런데 차문이 꼼짝하지 않았다. 미숙은 더욱 갑갑해져서 차창을 주먹으로 쾅쾅 두드렸다. 미숙이 열어 달라고 외치는 소리를 들었는지 어땠는지 모르지만 선임인 김 경장이 얼른 달려와서 뒷문을 열어주었다. 순간 기분이 묘해졌다. 보통 경찰차 뒷좌석에는 경찰서에 데려가는 범죄자를 태운다던 말이 떠올랐기 때문이다. 그래서 밖에서만 열 수 있도록 장치했다고 그랬는데 오늘 미숙이 그런 체험을 하게 될 줄은 상상해보지도 못했다. 자신이 경찰차 뒷좌석에서 내리는 장면을 누군가 보았다면 어떻게 생각했을까, 상상하게 되니 뒷목이 뜨끔거렸다. 미숙은 서둘러 경찰들을 따라나섰다. 이 집 저 집 기웃대던 경찰들이 발걸음을 재촉했다. 골목길을 구비 돌자 구멍가게 앞 평상에 노인 서너 명이 무료하게 앉아 있었기 때문이다.

"혹시 이 근처에 자전거 타고 다니면서 고물 줍는 할아버지 댁이 어딘지 아셔요? 하얀 모자 썼던데."

"아! 고물 줍는 노인네들이 그럼 다 웬만허면 자전거도 있고 리어카도 있지, 뭐! 자전거만 갖고 다니는 사람 있간."

"아니, 오늘 하얀 모자 쓰고 자전거에 고물 싣고 다니시는 70대 할아버지 못 보셨어요?"

"아! 그 집 얘기 허나 보다. 저쪽 모퉁이 지나서 빨간 깃발 꽂혀 있는 집 쪽에 박 씨 얘기 허는 것 같은디."

가만히 뒷전에 앉아 있던 이가 혼잣말처럼 흘리자 김 경장이 한 순경에게 지시했다.

"한 순경! 빨리 가서 차 가지고 저쪽 골목으로 와! 나는 걸어서 그쪽으로 갈게!"

한 순경의 대답보다도 먼저 김 경장의 발걸음은 부산스럽게 모퉁이를 향했다. 옆에 엉거주춤 서 있던 미숙은 가게 앞 노인들에게 목례를 하고 김 경장을 따라나섰다. 벌써 몸은 더위에 후덥지근해져서 목덜미에 땀방울이 맺혔다. 아! 이럴 줄 알았으면 운동화라도 신고 나올걸, 구두 신고 저 빠른 걸음을 따라가려니 이젠 숨소리가 제법 거칠어지기 시작했다. 미숙이 모퉁이를 돌아서자 김 경장은 벌써 박 씨 집을 찾았는지 대문간 너머로 고개를 기웃대고 있었다.

옥상 난간에 칠한 페인트 색이 좀 낡기는 했으나 비교적 웅장한 슬라브집이었다. 승용차 서너 대를 주차하고도 남을 만큼 널찍한 안마당은 시멘트로 깔끔하게 덮여 있었다. 구시가지 골목길에 위치한 것으로 볼 때 지난 세월 비교적 넉넉했을 법한 가세가 엿보였다. 이쪽저쪽에 흠집이 잡힌 양동이며 작은 수납장을 채우고 있는 낡은 잡동사니들도 주인장의 성품이 반듯할 것이라는 추측을 보태어 주었다. 작은 장독대 옆에는 주인의 손때가 묻었을 법한 작은 리어카가 축 늘어진 듯 힘없이 놓여 있었다. 그 리어카 속에 접힌 종이 박스 몇 개가 담겨 있지 않았다면 폐지 줍는 집일 것이라고 생각할 단서는 아무것도 없었다. 막 뒤따라 도착한 키 작은 한 순경이 주변에서 플라스틱 물동이를 가져와 엎어 놓았다. 그러더니 그 위에 올라가 쇠창살이 삐죽이 올라온 대문 안을 들여다보면서 주인을 불렀다. 하지만 안에서는 아무런 기척도 없다. 박길남, 대문 기둥 한쪽에 세로로 써 있는 문패의 이름을 김 경장이 메모하는가 싶더니 한 순경을 불렀다.

"한 순경! 차 몰아! 상황이 종료됐는지 모르겠다. 얼른 고물상을 찾아가 보자고!"

그 말을 들은 한 순경도 무언가 짚이는 게 있는지 서둘러 경찰차의 시동을 걸었다. 미숙도 같은 팀이라도 되는 듯이 재빨리 경찰차의 뒷좌석에 앉았다. 미숙도 첩보 영화 촬영이라도 하는 듯한 느낌이 들면서 덩달아 동작이 빨라지는 것이었다. 하마터면 영화 찍는 것 같다며 농담을 던지려다 서둘러 입을 막았다. 김 경장과 한 순경의 표정이 워낙 진지하고 긴장되어 있어서 예의가 아니지 싶기 때문이었다. 차가 막 출발하려고 할 때였다. 김 경장이 소리를 질렀다.

"차 세워! 저기 온다!"

폐쇄회로에서 보았던 그 흰 모자를 눌러쓴 노인이었다. 짐을 싣기 좋게 널찍한 합판을 자전거 뒤칸에 깔아 둔 것도 화면 속 자전거 그대로였다. 차에서 튕겨 나온 김 경장이 노인을 불러 세웠다.

"박길남 씨!"

노인이 화들짝 놀란 표정으로 자전거를 세웠다.

"아까 저쪽 편의점 앞에서 가져간 종이 상자 어디 있어요?"

"저기에 갖다가 버렸는데, 못 쓰는 장난감들 말이요? 나 따라와요!"

노인이 자전거를 타고 앞질러 가자 김 경장이 뛰어서 따라갔다. 이어서 한 순경과 미숙이 뒤를 쫓아 달렸다. 50미터도 안 가 노인이 도착한 곳은 작은 골목의 사거리 한 귀퉁이였다. 그곳에는 근옥에게서 받은 나무 블록과 시장 놀이 도구들이 뒤엉켜서 한 켠에 쌓여 있었다. 밝은 햇살 아래 길거리에 쏟아 놓은 장난감들은 영락없는 쓰레기 더미였다. 김 경장이 블록 더미를 손으로 뒤적였다.

"할아버지! 서류는 어디 있어요? 노트랑 같이 있었던 서류 말이에요!"

"아! 그거? 저기 고물상에 갖다 줬어. 별거 없었다구요."

"할아버지! 그 서류가 중요한 것이란 말이에요. 그래서 이렇게 찾아왔다고요. 얼른 같이 가봅시다. 차에 같이 타세요!"

순간 노인의 눈빛이 흔들렸다. 얼굴도 불안해 보이는 것이 무언가 큰 잘못을 하고 들켜버린 표정이었다. 노인은 다시 자전거를 타고 경찰차까지 와서는 미숙과 함께 뒷칸에 앉았다. 부르룽, 차가 시동을 걸었다.

"일부러 그런 것 아녀. 그냥 버리는 물건인 줄 알았지 뭐! 그게 그렇게 중요한 물건이라면 왜 길바닥에 내놨댜. 그리고 나 이런 일 안 해도 먹고살 수 있어. 심심해서 허는 일인데 뭐. 일부러 가져온 것 아니라구."

"할아버지 혼자 사세요?"

옆자리에 나란히 앉아서 가는데 노인이 불편해하는 듯해서 어색한 분위기를 만회해보고자 미숙이 말을 던졌다. 옷차림도 비교적 정갈해 보이고 얼굴도 그다지 고생한 이력이 아닌 듯 보였다. 더구나 노인이 살고 있는 집을 생각할 때 충분히 여유로운 노년을 보내고 있을 것이라는 추측이 가능했다.

"다 떠났지. 벌써 한 20년은 됐어. 요즘은 세상이 좋아져서 혼자 사는 데 불편할 것 별로 없어. 자식들이 다 커서 자리잡으니까 돈 걱정할 것도 없구 말여. 어떤 친구들은 아파트가 좋다던데 난 여기가 좋아. 반평생 이곳에서 살았는데 여기가 좋지 않겠어?"

노인의 목소리가 왠지 쓸데없이 높아진다는 느낌이 들었다. 하지만 궁금해진 미숙이 한마디 더 던졌다.

"자녀분들은 어디 사세요?"

"다들 서울, 인천, 각지에 살지. 큰딸은 미국에 가서 살고
있고. 한번 오라고 그렇게 말하는데 내가 인저 몸이 성치 않
아서 못 가고 있어. 나 이런 일 안 해도 애덜이 보내주는 용돈
만으로도 충분히 쓰고 남지. 서울 사는 막내 아들은 큰 사업
허지. 직원이 오십 명도 넘는다고 하더라구."

미숙은 노인의 옆모습을 살짝 훔쳐보았다. 키가 크고 마른
체구이지만 이목구비가 뚜렷하고 힘있어 보이는 것이 비교적
건강한 모습이었다. 한 세월 풍파를 잘 헤쳐온 노인답게 자신
감도 엿보였다.

미숙은 고향에 홀로 살고 계신 아빠 얼굴이 떠올랐다. 나이
는 비슷할 터이지만 저 노인에 비하면 아빠는 십 년 이상 더
늙어 보인다. 더구나 요즘은 관절염이 악화되어서 마을 회관
거동도 어려워하시는데 끼니는 잘 챙겨 드시는지 모를 일이
었다. 미숙이 워낙 멀리 시집을 온데다 생활이 여의치 못하다
보니 자주 찾아뵙는다는 것이 고작 일 년에 두세 번 아니던
가. 오늘은 오랜만에 전화라도 드려야 하겠다는 생각이 들었
다.

미숙이 어렸을 때는 아빠 살림이 동네에서 떵떵거릴 만큼
여유가 있었다. 세상 물정에 밝은 엄마의 혜량으로 동네에서

제일 먼저 새송이버섯 재배를 시작했고, 부지런한 부모님의 손길은 미숙이네를 인근에서 제일가는 부농으로 만들지 않았던가. 그래서 해가 바뀌면 논밭이 하나 둘 더 생겨나곤 했었다. 하지만 셋이나 되는 오빠들이 하나같이 자리를 잡지 못하고 부모님의 걱정거리가 되었다. 부모님이 워낙 바쁘게 사시다 보니 보살피지 못해서 그런지 큰오빠는 어려서부터 '짱'으로 이름이 높았다. 큰 싸움이 있는 곳에는 항상 오빠 이름이 있었고 심지어 부모님이 경찰서에 불려가기도 했었다. 그런데 그 흐름이 어른이 되어서도 끊이지 않더니 무슨 집단 폭력 사건에 연루되어 감옥에 가고 말았다. 학교에 다니기 싫어했던 작은오빠는 직장을 이곳저곳 옮겨 다니기를 밥 먹듯이 하다가 연락도 잘 안 되는 젊은 시절을 보냈다. 항상 걱정거리가 끊이지 않던 엄마는 그래서 그랬는지 일찍 세상을 뜨셨고 아빠는 의욕이 꺾여 가기 시작했다.

그래도 아들 셋 중 한 명은 쓸 만하다 싶었다. 그중 그래도 반듯이 커 간다 싶었던 막내 오빠가 서울에 올라가 이런저런 사업을 했다. 하지만 사업 욕심이 생겨서 그랬는지 고향에 있는 아빠의 논밭을 가져갈 줄만 알았지 가져올 줄은 몰랐다. 아! 그리고 보니 막내 오빠 얼굴 본 지도 언제인지 모르겠다. 아빠가 그나마 믿었던 아들이어서 힘껏 밀어주었는데 오빠가 회복하지 못한 지도 몇 년은 됐지 싶다. 이제 아빠에게 남은 것은 마을 구석진 곳에 있는 작은 집 한 칸이 전부다. 아빠는 어떻게 살고 계실까. 그토록 당당하고 성실했던 아빠가 지팡이를 짚고 마을 회관에 힘겹게 가시는 모습을 상상하면 가슴이 미어지는 듯하다.

지금 와서 후회해도 소용없는 일이기는 하지만 회관 옆에 있는 그 밭은 팔지 말았어야 했다. 그 밭은 부모님이 젊은 시절 한 푼 두 푼 모아서 처음 구입한 땅이었고 동네에서 기름지기로 이름 높은 땅이었다. 하지만 중형차를 몰고 시누이와 나타난 막내 오빠가 아빠를 설득하는 데는 아빠도 어쩔 도리가 없었다. 그때 내가 좀 더 강력하게 말릴 걸 그랬다는 생각을 하니 지금도 아쉽고 가슴이 아프다.

"아버지! 오천만 있으면 되는데요, 요즘 다른 데서 돈을 돌리려면 이자가 워낙 비싸요. 우리 동네 땅값은 이제 오를 만큼 올랐고 아버지 농사도 이제 어려우시잖아요. 제가 이자 드린다 생각하고 생활에 필요하신 돈은 충분히 보내드릴게요. 저 요즘 업계에서 사람들에게 가장 주목받고 있어요. 눈덩이가 커야 눈을 많이 뭉친다고 했잖아요."

그나마 유일하게 믿음을 주고 있는 아들이 간절히 원하자 처음에는 완강했던 아빠도 흔들리는 듯한 표정이었다. 그래서 미숙이 나섰다.

"오빠! 땅도 땅 나름이지 않아? 회관 옆 밭은 우리 부모님의 상징이라고! 그게 어떻게 장만하신 땅인데, 그래! 그리고 오빠가 그동안 논밭을 가져가지 않았다면 아빠 지금 몇 푼 나오는 노인 연금 같은 것 쳐다보지 않아도 충분해서. 오빠가 얼마나 큰 사업을 하는지 몰라도 건드릴 것을 건드려야지!"

참다못한 미숙이 한마디 던졌는데 이상하게도 다소곳이 앉아 있던 시누이와 눈빛이 마주쳤다. 그때 어찌나 불편했던지 직접 경험해보지 않은 사람은 모를 것이다. 딸이 돼 가지고 아빠의 재산을 욕심낸다는 듯한 그 눈빛, 미숙은 그런 마음이 털끝만큼도 없었지만 하여튼 상황은 그렇게 흘러갔다. 하지만 오빠에게 오천은 밑빠진 독에 물을 붓는 일이었던지, 감감무소식이었다. 아빠의 생활을 보장해 주기는커녕 본인 가족들이나 잘 챙기고 있는지 모를 일이다. 사람이 나이를 먹으면 그동안 고생한 보람까지는 아니더라도 한 몸 편히 의지할 수 있는 환경이 있어야 할 텐데, 아빠는 너무 곤궁해지셨지 않은가.

그에 비해 박길남 노인은 삶을 여유 있게 관조하고 있다는 생각까지 들었다. 당당하고 걱정 없는 여생 말이다. 저 멀리 고물상 간판들이 보이기 시작했다. 미숙은 깜빡 잊었다는 듯이 노인을 향해 고개를 돌리며 물었다.

"자녀분들은 자주 내려오세요?"

"그럼! 애덜끼리 당번을 정했는지 열흘이 멀다 하고 왔다 갔다 허지. 그래도 막내아들은 애들 다 데리고 젤 많이 왔다 갔다헌다구."

그런데 정면으로 마주본 노인의 눈자위는 역시 노인이라는 생각이 들게 했다. 피부는 이미 인생을 여러 구비 넘어선 노인답게 골골이 패인 골짜기들이 수없이 길을 만들고 있었다. 그런데 얼핏 바라본 노인의 시선이 정면으로 마주하는 미숙의 눈빛을 스치듯 비껴가는 것이었다. 아래도 아니고 옆도 아닌, 자리를 미처 잡지 못한 그 시선이 미숙을 피했다. 왠지 어색한 느낌이 스치려는 찰나, 김 경장이 뒤로 고개를 돌리면서 노인을 불렀다.

"할아버지! 고물상이 이 중에 어디에요?"

"어, 저기 저 미소고물상!"

고물상은 꽤 넓었다. 폐휴지가 작은 산만큼 쌓여 있고 반대쪽에는 철제 부스러기들이 척척 올려져 있었다. 주차 공간도 널찍해서 차가 고물상으로 쑥 들어갔고 경찰관들이 후다닥 내렸다. 노인이 하차하는 경찰의 발걸음보다도 먼저 소리를 질렀다.

"내리걸랑 뒷좌석 차문부터 열어줘! 이 자리 굉장히 불편하네."

아! 노인은 경찰차 차문의 구조를 알고 있었던 것이다. 하긴 세월을 그 정도 살았으면 알 수도 있겠지,라고 미숙은 대수롭지 않게 생각했다. 경찰이 도착하니 고물상 이곳저곳에서 일하던 사람들이 우르르 몰려왔다. 김 경장이 사정을 이야기하자 고물상 사장이 따라오라며 성큼성큼 앞장섰다. 불과 얼마 전에 받은 물건이기도 하지만, 다행히 고물상 사장은 노인이 가져온 폐지를 옮겨 놓은 위치를 정확히 알고 있었다.

노인은 오전 내내 주운 폐지를 점심 무렵에 한 번 갖다 준다고 했다. 그런데 그 수첩이 어디쯤에 있는지 찾아봐야 한다면서 폐지 더미를 뒤지기 시작했다. 신문지들이 뭉치로 쌓여 있는가 하면 종이 박스들을 꼬깃꼬깃 밟아서 편편하게 펴놓은 종이 부스러기들이 보였다. 그런가 하면 어느 사무실에서 나왔는지 뭉쳐 놓았던 노트 크기의 서류 다발이 파편처럼 흩어졌다. 노인의 손길은 능숙했다. 그 크고 높은 폐지 더미를 자유롭게 돌아다니면서 척척 옮기곤 했다. 경찰들이 나서서 함께 찾아보려 하다가 역한 냄새가 코를 찌르자 몇 발짝 뒤로 물러섰다. 미숙도 폐지 더미 가까이에 갔다가 엄두를 못 내고 뒷걸음쳤다. 잠시 후에 노인이 다이어리를 들고 폐지 더미에서 내려왔다. 경찰이 미숙에게 다이어리를 보여주었다.

 "아줌마, 이것 맞아요?"

 미숙이 지난 연초에 친구에게 받은 갈색 다이어리였다. 보험회사 마크가 선명하게 찍혀 있는데 쓰레기 더미에서 뒹굴어서 그런지 갖은 땟국물이 덕지덕지 묻어 있었다. 멍하니 다이어리를 바라보고 서 있는 미숙에게 김 경장이 노련한 경찰답게 물었다.

 "그런데 서류 있어요? 아까 다이어리하고 중요한 서류를 잃어버렸다면서요?"

 "아! 계모임 장부인데, 엘(L)자 파일에 꽂혀 있어요."

 "할아버지! 서류! 서류는 어디 있어요?"

 노인이 머뭇거리면서 무얼 말하는지 못 알아듣겠다는 듯이 고개를 갸웃거렸다.

 "얇은 비닐 파일에 들어 있던 서류 기억나죠? 그건 어디 있어요? 그게 중요한 거예요."

 김 경장이 노인에게 재빠르게 말했다. 멈칫멈칫하던 노인은 그제야 무얼 찾는지 알겠다는 듯이 다시 폐지 더미로 올라갔다. 이번에는 아예 서류 다발을 아래로 던지기 시작했다. 노인의 움직임이 심상치 않다고 느꼈는지 나이 든 고물상 사장이 다가와서 도와주었다. 경찰들과 미숙도 합류를 해서 바닥에 내려진 폐지 더미를 뒤적이기 시작했다. 미숙은 태양 빛이 내리쬐는 한낮에 코를 막으며 쓰레기 더미를 파헤치다 보니 다시 한번 참으로 별스런 경험을 다 한다는 생각이 들었다. 그것도 어른 다섯 사람이 쓰레기 더미를 뒤지는데, 만약 경찰만 없었다면 쓰레기장 인부들로 손색이 없었다. 또 경찰과 함께 그렇게 하는 자신의 모습은 꼭 현장에 나와 있는 수사관 같다는 생각도 들었다. 그런데 웬 버려진 서류들이 그렇게 많은지 뒤섞인 서류 다발 속에서 얇은 엘(L)자 파일을 찾는다는 것이 왠지 무모하다는 생각조차 들었다. 하지만 경찰들이나 노인들이 열심히 찾고 있는데 정작 주인인 자신이 뒷짐 진다는 것은 안 될 일이었다. 한참을 뒤적이다 보니 어느덧 코를 찌르는 듯하던 냄새도 옅어져 갔다. 쓰레기 더미 위에서 한동안은 아래로 던지고 또 한동안은 뒤적이기를 반복하던 노인이 이것을 말하냐면서 엘(L)자 파일을 들어보였다. 미숙은 얼른 종이들이 담긴 그 파일을 받았다.

"맞아요. 이거 맞아요. 제 장부예요."

엘(L)자 파일은 이미 구겨질 대로 구겨지고 오물에 범벅이 되어 있었다. 그동안 한 번도 웃음을 보이지 않던 경찰관들이 그때서야 씩, 하고 가느다란 웃음을 지었다. 고물상 주인도 다행이라는 듯 크게 숨을 쉬고는 노인을 바라보면서 농담을 던졌다.

"박 씨 아저씨는 하마터면 쓰레기 더미에 들어가실 뻔했어요. 고생하셨네요. 그러니까 길거리에 있는 종이 쪼가리라고 아무거나 가져오지 마셨어야죠. 그나저나 막내 아드님한테는 연락 왔어요? 집 비워줘야 하는 날도 얼마 남지 않았잖아요!"

그 순간 쓰레기 더미에서 내려오던 노인이 발을 헛딛었는지 휘청이며 폐지 더미 위로 쓰러졌다 벌떡 일어났다. 그런데 고물상 사장이 재차 물었다.

"막내 아드님한테 연락 왔냐구요! 원, 참! 남의 일 같지 않아서 그래요."

"그놈이 어디 가서 죽었는지 살았는지 내가 어찌 알겠나. 그 넓은 서울 바닥을 뒤져볼 수도 없는 노릇이고. 아, 매일 드나드는 고물상에서도 물건 하나 찾으려면 이렇게 힘든데 말이여."

다시 경찰차를 타고 돌아오는 길에 노인은 말이 없었다. 아마도 고물상 사장이 했던 말 때문인 듯싶었다. 미숙은 노인의 삶이 다시 한번 궁금해져서 넌지시 물었다.

"그런데 할아버지! 막내 아드님에게 무슨 일 생겼어요?"

아까와는 다른 표정이 된 노인이 차장 밖을 바라보면서 혼잣말처럼 중얼거렸다.

"빌어먹을 놈! 지 애비 집 한 채 남은 것조차 지키지 못하고 그 꼴이 될 줄 누가 알았겠어. 휴지 줍는 것도 이제는 힘에 부치는데…. 아! 이놈의 날씨는 또 왜 이렇게 덥냐. 그런데 지금 경찰서 가는 것 아니지?"

아! 고물상을 찾아갈 때의 노인의 모습과 지금 노인의 모습이 어떻게 이렇게도 다를 수 있단 말인가. 힘이 빠진, 어쩌면 넋이 반쯤 나간 노인네의 음성이었다. 풀이 죽은 노인의 질문에 김 경장이 대답했다.

"할아버지! 할아버지 같은 분 안 가셔도 요즘 경찰서 갈 사람 참 많습니다. 걱정하지 마셔요. 그리고 어려우셔도 끼니는 꼭 챙겨 드시고요."

'POLICE'라고 써진 경찰차는 노인을 내려주더니 잠시 후에 편의점 앞에 와서는 미숙이 타고 있던 뒷자리의 문을 열어주었다. 햇살이 더 따가워져서 그런지, 웃으며 인사해야 하는데 인상이 잘 펴지지 않았다. 미숙은 고개를 굽신굽신 숙이면서 두 경찰에게 우물쭈물 감사를 표했다. 그리고 차에 돌아와서 차문을 열었다. 그동안 승용차 속에 담겨 있던 열탕 같은 뜨거운 열기가 얼굴로 확 달려들었다. 미숙은 그 열기를 피하면서 조수석에 다이어리와 곗돈 장부를 던져 놓았다. 그런데 아차 싶었다. 엘(L)자 파일 속 서류를 모두 꺼내 보았다. 없었다.

분명히 아까 근옥에게서 이번 달치 곗돈 오만 원을 받아서 끼워두었는데, 없다. 현기증이 날 것만 같은 도로 위에 풀이 죽은 노인의 얼굴과 고향 마을에서 지팡이를 짚고 서 계실 아빠의 얼굴이 함께 보이는 듯했다. 오후 두 시를 넘긴 아스팔트는 최고조의 복사열을 뿜어대고 있었다.

김 사장

천장에 길게 늘어진 전선마다 주광색 알전구가 대롱대롱 매달려 있다. 빗살무늬 갓 속에서 제법 폼을 잡고 있는 전구도 있고, 당당하게 알몸으로 노란 불빛을 내뿜는 것도 있다. 레일을 타고 이동할 수 있게 설계된 백색 전구들은 열두 개테이블을 조준하고 있다. 스위치를 켜면 동시에 정해진 과녁을 향해 밝은 빛을 쏘아댈 것이다. 식당 개업을 준비하면서 민호가 직접 청계천까지 가서 골라온 전등들이다. 동네 조명 가게에서는 도무지 만날 수 없는 인테리어 전등이라면서 사람들 앞에서 어깨를 으쓱하곤 했었다. 어디 전등뿐이던가. 벽이며 천장이며 콘크리트가 훤히 보이는 인테리어 방식도 민호가 선택했다. 세련된 카페 같은 분위기를 한 퓨전 주점을

원했기에 가게 이름도 '그리운 바다'라고 약간 모호하게 지었다. 횟집이지만 돈까스, 소고기타다끼 따위도 준비했다. 또 매운탕이나 간단한 안주류까지 메뉴판에 올려두었기에 보통 새벽 두 시까지는 손님들로 북적였다. 저녁 식사 손님에서부터 이차, 삼차 술손님까지 받고자 했던 민호의 바람대로 그리운 바다는 순풍에 돛을 달고 달려왔다.

그렇게 신바람 나게 일한 것이 꼭 삼 년이었다. 한정식집으로 자리 잡은 어떤 선배가 삼 년만 버티라고, 삼 년 동안 사업했으면 누구든 풍파를 헤쳐냈을 것이라고, 그때는 안정 궤도에 들어설 것이라고 말했었다. 그의 말대로 만 삼 년을 지나 이곳 먹자골목에서 이름깨나 알려졌다. 그런데 코로나라는 바이러스 세상을 만난 것이다. 새벽까지도 네온사인으로 번쩍였던 먹자골목은 이제 밤 열 시면 일제히 소등을 한다. 지난달에는 희미하게 한쪽 테이블만 불을 켠 채 손님을 맞았던 삼겹살집에 시청과 경찰서에서 방역 위반이라면서 들이닥친 일도 있었다. 친구들과 한잔하는 것이라고 해도 막무가내였다고 한다. 식당 안에서는 밤 열 시 이후에 이웃집 사람과도 안 된다는 것이었다. 실제로 삼겹살집 주인이 친구들과 마셨는지, 다급해서 둘러댔는지 몰라도 벌금을 딴딴히 물어야 했다. 게다가 사실 확인은 할 수 없지만 그 삼겹살집이 방역 수

칙을 위반하고 있다며 신고를 한 사람이 길 건너 갈빗집 주인이라는 소문도 돌았다. 언제부턴가 상인들은 서로의 눈치를 보게 되었고 밤 열 시가 넘으면 먹자골목은 어김없이 암흑으로 변한다.

간판 불도 테이블 전등도 소등한 지 한참 된 그리운 바다에 혼자 앉은 민호의 시선이 통유리를 향한다. 한껏 멋을 내서 쓴 상호 밑에 작은 글씨가 보인다. '은빛 백사장! 일렁이는 파도! 바다가 그리운 사람들!'이라고 쓴 글자가 어렴풋이 보인다. 아니, 어둠 속이어서 선명하게 보이지는 않지만 민호 자신이 생각해 낸 글귀인데 어찌 모르겠는가. 탁 트인 바다를 보면 답답한 속이 뚫릴 것만 같다. 반짝이는 백사장을 가로질러 바다에 뛰어들어 시원하게 물장구라도 치고 싶다. 내일은 시간제로 홀서빙 알바를 하는 학생이 마지막으로 나오는 날이다. 그럼 이제 홀서빙은 민호가 직접 해야만 한다. 알바까지 채용해서는 도무지 유지하기가 어렵다. 적어도 하루에 열 테이블은 손님을 받아야 하는데 요즘은 서너 테이블밖에 없다. 정규직으로 오랫동안 함께 일했던 홀서빙을 내보낸 지 얼마 되지 않았는데 상황이 하루하루 달라진다.

손님이 가뭄에 콩 나 듯하는 것도 문제였지만 파트타임 알바로 석 달을 함께한 청년은 행동 하나하나가 밉상이었다. 조금씩 지각을 하는 것은 예사이고 퇴근 시각은 이삼 분을 넘긴 적이 없다. 아니, 밤 열 시가 되기 십 분쯤 전에는 거의 일손을 놓는다. 퇴근을 준비하는지 거울을 보면서 옷매무새를 만져 두는 것이 습관인데 테이블 치우는 것도 뭉싯거리다가 열 시를 넘겨버리기 일쑤다. 그 시각이 되면 움직이다 말고 민호를 빤히 바라본다. 퇴근하겠다는 신호다. 그 순간 민호는 무표정한 얼굴로 카운터 안쪽에 걸린 작은 시계에 시선을 옮겼다가 고개를 살짝 끄덕인다. 퇴근해도 좋다는 신호를 받은 알바 청년은 언제 맥없이 있었냐는 듯이 씩씩한 표정이 되어 "안녕히 계세요." 고개를 깍듯이 숙이고는 망설임 없이 출입문을 밀친다. 요즘 아이들은 다 그렇다고 말들 하지만 과연 그게 합리적인 것인지 이기적인 것인지 헷갈린다. 고개라도 단정하게 숙일 줄 아니 그나마 다행이라고 생각하곤 했었다.

정규직으로 함께했던 영식은 달랐다. 근무 시간이 새벽 두 시까지로 되어 있지만 손님들이 밀려오면 세 시 넘어까지도 홀을 지키다가 테이블을 말끔히 치운 후에야 퇴근하곤 했었다. 게다가 테이블이 좀 안정되면 이곳저곳 둘러보다가 주방에 들어가서 설거지통을 만지기도 하였다. "이제 내가 마무리할 테니 그만 퇴근해."라고 말해도, "괜찮아요. 마무리는 해야죠." 하면서 휘파람을 부는 청년이었다. 인지상정이라고 하지 않던가. 참 고마운 청년이었다. 그래서 민호는 퇴근 무렵에 용돈을 찔러주기도 했고 간혹 보너스를 나름 두둑이 챙겨주곤 했었다. 그런 영식이 그립다. 그리운 바다가 잘될 때는 "그리운 바다를 잘 키워서 내가 2호점을 내고 네게 맡길게."라고 술김에 미래를 약속하기도 했었다. 지금처럼 코로난지 뭔지 하는 놈을 만나리라고는 상상도 하지 못했던 때였지 싶다. 그저 진심과 정성을 다해 손님을 대하면 반드시 고객들이 알아줄 것이라는 확신에 차서 민호와 어깨동무를 하곤 했었다. 지금의 이 상황은 내가 들어본 어떤 경제 법칙에도 없었다. 국가가 강제로 식당 문을 닫게 하는 세상이 이 대명천지에 가능하다는 것이 놀랍다. 어디 그뿐인가. 한자리에 앉는 인원도 네 명이니, 여섯 명까지니 하면서 제한하고 있으니 세상 참 알다가도 모를 일이다. 홀로 이런저런 생각에 빠져드는데 출입문을 밀치는 소리가 정적을 깼다.

"김 사장! 청승맞게 혼자 뭐해? 불빛 한 점 없는 식당에서 기도라도 허는 겨?"

프랜차이즈 호프집을 운영하는 필재였다. 고등학교 때는 그다지 친하지 않았는데 바로 근처에서 가게를 하다 보니 거의 단짝이 되었다. 백 평가량 되는 필재의 호프집은 대로변에 번듯하게 자리잡고 있다. 간판도 어찌나 큰지 먼 데서 봐도 눈에 확 들어온다. 단순한 호프집이 아니라 온갖 치킨이며 피자까지도 취급하면서 먹자골목 최고의 호프집으로 이름을 얻은 지 오래다. 알바생만도 열 명이 넘고 젊은이들이 다투어 알바를 하고 싶어 하는 곳이다.

"이 시각에 집에 들어가는 게 아직 낯설지 뭔가. 그래서 혹시나 하고 기웃대봤더니 김 사장 실루엣이 보이더군. 벌써 몇 달째야, 일 년이 다 됐어."

항상 쾌활하고 능청스럽게 장난을 잘 쳐서 만날 때마다 기분이 유쾌해지는 친구인데 오늘은 톤이 좀 잦아진 듯하다.

"아, 나보고 사장, 사장 하지 말라니까. 사장이라면 자네 정도는 돼야 불릴 만헌 거지, 난 구멍가게잖아."

"어이구 그런 말 허덜 말어. 난 세입자고 자넨 엄연한 건물주 아닌감! 아니, 조물주라고 했지. 이젠 나도 월세 걱정허게 생겼다구! 부러워 죽겠어."

"건물주? 아, 이 손바닥만 한 단층 쪼가리도 건물은 건물인 겨? 틀린 말은 아니구먼. 월세는 안 나가니까. 근데 반은 은행 꺼잖어, 은행 꺼. 나두 매달 은행에 이자 내구 있으니 피장파장 아니겠어? 아니다. 자넨 20년 넘도록 뭉턱뭉턱 벌었잖어. 게다가 저 신축 아파트도 넓은 평수를 가지고 있고 논밭을 거느린 지주인데 어디 나 같은 사람이 범접할 수 있겠나?"

학교 공부에는 도대체 관심이 없었던 필재는 고등학교 야간 자습 시간에 몰래 도망가는 단골이었다. 당직 선생님이 가끔씩 교실을 돌면서 점검하지만 필재가 걸렸다는 소리는 듣지 못했다. 일찍 시내로 나가서 오락실이며 다방을 출입했고 숨겨둔 오토바이를 타고 질주를 서슴지 않았다. 당연히 대학은 관심 밖이어서 고교를 졸업할 무렵 이미 사회인이 돼 있었다. 동네 형들이 운영하는 중고차 매매상에서 이런저런 잔심부름으로 시작해서 금방 셀러로 변신했다. 학교에서 성적이 제법 순위에 들었던 민호가 서울에 올라가 대학을 다니다 군입대를 준비할 겸 내려왔을 때였지 싶다. 또래들을 승용차에 태운 채 음악을 크게 틀고 시내를 돌아다니는 필재 모습을 본 기억이 있다. 민호가 대학을 마치고 중견 무역회사에 취직했을 때 필재는 이미 지금 운영하는 프랜차이즈 호프집 사장이 돼 있었다. 그때도 장사가 잘된다는 소문이 있었으니 족히 십오 년 이상은 호황을 누렸지 싶다. 또 결혼도 일찍 해서 벌써 아이들이 중학교와 고등학교에 다니는데 민호는 이제야 초등학교를 들어가니 마니 하고 있다. 학창 시절을 생각해보면 상전벽해가 아닐 수 없다.

회사에서의 실적이나 승진도 그다지 순조롭지 않아서 이직을 해야 하나 어쩌나 하면서 단조로운 일상의 수레바퀴 속을 헤매던 무렵, 과감하게 귀향을 결심한 것도 어쩌면 필재라는 모델이 있었기 때문인지도 모른다. 언제부턴가 고향에 내려가 또래를 만나면 필재네 호프집에 들르는 것이 필수 코스가 되었고, 필재는 성공한 친구로 회자되고 있었다. 그때도 홀로 되신 어머님을 뵈러 고향에 내려왔다 필재네 호프집에 들렀었다. 예의 호방한 웃음으로 맞이한 필재는 그날따라 여유가 있었는지 동석해서 맥주도 한잔 함께했는데 농담 반 진담 반으로 던진 말이 현실이 될 줄은 몰랐다.

"아, 이제 아이들도 커 가는데 서울 전세살이도 힘들고 직장에서도 위아래로 압박이 심해. 나도 고향에 내려와서 식당이라도 하면서 자유로워지고 싶다구!"

푸념 섞인 민호의 한마디를 필재가 놓치지 않고 거들었다.

"식당? 헐라면 퓨전 식당을 해! 요즘은 횟집도 아니고 양식집도 아니면서 손님을 늦게까지 받을 수 있는 식당이 인기 있는 것 같애. 얼마 전에 대전에 갔더니 쌈빡하게 인테리어한 일식집 비슷한 곳이었는데 짱이었어. 저녁 식사 손님도 들어오고, 늦은 시각에 술손님도 받을 수 있더라고!"

이제는 중년이라면서 나이 들어 가는 이야기며 세상 돌아가는 이야기를 두서없이 떠들면서 그냥 흘려버렸는데 며칠

후 필재에게서 전화가 왔다.

"야! 왜, 우리 호프집에서 골목길로 한 블록 들어가면 옛날에 땅콩다방 있었던 자리 말이야, 거기 매매 나왔어. 한번 내려와서 확인해 봐! 식당 자리로는 상권도 괜찮은 곳이야."

분명 필재가 매매라고 했는데, 집도 없는 주제에 건물을 어찌 한다는 게 가당치 않아 보였다. 그런데 가만히 생각을 더 듣어보고 아내에게도 살짝 던져보았더니 그리 먼 이야기만은 아닌 것 같았다. 시골 출신인 아내도 서울에서 옥신각신하는 생활을 그다지 만족스러워하지 않았기 때문이었는지 모른다. 민호는 주말에 아내와 함께 고향에 내려와 땅콩다방 자리를 찾아갔다. 옛날 슬라브 단층 건물은 많이 낡았지만 제법 튼튼하게 버티고 있었다. 무슨 광고회사 사무실로 사용했었다고 그러는데 실내에 들어가보니 제법 널찍하고 화장실까지 갖추고 있었다. 민호는 무엇인가에 씌었나 싶게 그 자리에서 덜컥 계약을 했다.

그 후 민호와 아내는 분주하기 이를 데 없는 나날을 보내야 했다. 살던 전셋집을 이곳저곳 부동산에 내놓는 일에서 시작해서 알뜰히 모아 둔 적금으로는 부족해서 보험사 대출까지 알아봐야 했다. 다행스럽게도 지방의 부동산값은 그다지 높지 않아서 구입할 건물을 담보로 은행에서 조금만 융통하면

잔금을 치르는 데는 문제가 없었다. 식당 레시피 준비를 위해 아내는 명동에 있는 요리 학원에 등록해서 수강생 생활을 시작했다. 요리라면 민호도 어렵게 생각하지는 않았지만 아무래도 아직 직장에 매인 민호에 비해 독일어 번역 알바를 하는 아내가 시간을 내는 게 훨씬 수월했다. 명동 요리 학원은 원하는 레시피를 소그룹으로 전수해주는 과외 학원에 가까웠는데 식당 개업을 원하는 사람들이 전국에서 몰려들어 성황을 이루고 있었다. 퇴근 후 집에 들어가면 아내가 그날 배운 레시피를 선보이며 함께 요리를 연구했다. 자연스럽게 민호의 귀가 시간도 빨라지니 그동안 소원한 듯했던 부부관계도 급속도로 회복되었고, 공동으로 미래를 준비하면서 약간의 희열까지도 느끼곤 했다.

요리 중에서도 생선을 다루는 일은 민호가 아내에 비해 기본기가 풍부했다. 아내는 속리산 어귀 산촌 마을에서 성장한 반면에 민호는 충청도 바닷가 마을에서 자라온 환경의 차이 같았다. 작은 언덕 하나만 넘으면 고기잡이 배들이 정박한 풍경을 만나게 되는 반농반어 마을에서 자란 민호는 어려서부터 해산물과 친숙했다. 갯벌에서 낙지나 조개, 민꽃게 따위를 잡아오거나 굴을 따는 것은 소소한 놀이에 가까웠고, 대하, 주꾸미, 밴댕이 따위도 흔했다. 광어나 우럭은 물론 은갈치까지도 부모님이 가져오시곤 했기 때문에 생선 가시를 다듬거나 회를 치는 일은 일찍이 익숙한 생활이었다. 한번은 아내가 은갈치는 제주 인근에서 나오지 않느냐고 말했다가 일장 연설을 들어야 했다. 어릴 적에 아버지를 따라가 집 인근에서 은갈치 낚시를 했다고, 은갈치라는 갈치의 종류가 따로 있는 게 아니라 막 잡은 갈치는 은빛을 띠어서 은갈치라고 한다고, 여름날에는 반드시 서해 연안을 지나게 된다고 아내에게 아는 체를 한 적도 있었다.

귀향을 준비하면서 무엇보다도 심혈을 기울인 것은 식당 인테리어였다. 가족이 머물 곳은 어차피 빈방이 두 개나 있는 어머니 집으로 하기로 했으니 이삿짐만 챙기면 되었지만, 식당 인테리어는 산뜻하게 하고 싶었다. 그래서 강남역과 홍대 주변을 투어하듯 했고 수유리, 남양주, 양평까지 찾아가 유명한 카페들의 인테리어를 살펴보기도 했다. 요즘은 음식 맛이나 서비스 못지않게 인테리어가 차지하는 비중이 높다는 것을 민호도 소비자의 입장에서 많이 느껴왔기 때문이었다. 카페 분위기의 식당 겸 주점, 그래서 서울에 있는 소위 퓨전 식당을 지방에 옮겨놓은 듯 만들고 싶었다.

그런데 그게 계산 착오를 가져왔다. 이곳저곳 고급스런 인테리어를 찾아다니다 보니 눈높이가 너무 높아진 것이다. 결국 부동산을 담보로 은행 돈을 빌리는 과정에서 대출 담당 직원에게 비굴한 표정까지 지으며 대출을 해야만 했다. 또 막상 개업일이 목전에 다가오자 다른 고민이 생겼다. 민호와 아내가 모두 식당에서 새벽까지 일하면 아이들은 어찌할 것인가. 처음에는 어머니께서 함께 계시니까, 하면서 대수롭지 않게 생각했는데 막상 다가오니까 단순한 문제가 아니었다. 큰아이가 곧 초등학교에 들어가는데 공부도 봐줘야 할 테고 아직은 손이 많이 가는 시기가 아니던가. 결국 주방장을 구하기로 했다. 주방장을 구하는 데도 역시 마당발인 필재가 큰 도움을 주었다. 해안도로에 있는 횟집에서 주방 일을 해왔던 미진이라는 여자 후배가 있는데 그 횟집이 얼마 전에 문을 닫아서 잠시 쉬고 있다고 했다. 만나보니 횟집 쪽에서 오랫동안 일해온 관록이 느껴지는 사람이었다. 게다가 학교 계보를 더듬어 보았더니 초등학교 후배였다.

그리운 바다를 오픈하고 처음에는 개업 특수이겠거니 했었다. 손님이 몰려오는데 정신이 없었다. 쉴 틈 없이 움직이다 보면 새벽 두 시를 넘기기 일쑤였다. 필재 주변에 있는 친구들은 물론이고 얼굴도 가물가물한 초등학교 중학교 동창들이 아는 체를 하면서 들어왔다. 그리고 이른바 단체 손님들의 저녁 식사 예약도 줄을 이었다. 그래서 한쪽에 칸막이를 한 단체석은 늘 사람들이 다투어 예약하곤 했었다. 그렇게 바쁘게 일하는데도 피곤한 줄을 몰랐다. '아, 이게 사업이란 거구나. 이런 맛에 자영업을 하는가 보다' 하는 생각도 들었다. 조금씩 여윳돈이 생기자 은행에서 대출한 원금도 갚아나가기 시작했다. 정말 신바람 나는 시기였다. 월요일 날은 휴무였지만 민호는 쉬지 못했다. 아니, 그리운 바다에 나와서 구석구석 청소도 했고 장식용 소품들을 이리저리 옮겨보기도 했다. 어쩌면 집에 있는 것보다 식당에 나와 있는 시간이 더 마음이 편한지도 모르는 일이었다.

그렇게 딱 삼 년이 지난 어느 날이었다. 중국 우한이라는 곳에서 발생한 바이러스가 유럽과 미국을 침범하는가 싶더니 한국에도 들이닥쳤다. 처음에는 세균과 바이러스가 어떻게 다른가 하면서 다소 여유 있게 이론적인 이야기가 나돌았다. 공동체의 안녕을 위해서 전 국민이 협력하자고 하면서 정부 당국자가 발표문을 낭독하는 모습도 먼 이야기로 들렸다. 민호는 무표정하고 건조한 목소리로 공동체를 언급하는 당국자의 설명을 들으면서 약간의 이질감을 느꼈다. 치열하게 하루하루를 살아온 게 벌써 얼마였던가. 대학 졸업 후 직장 생활이 삶의 거의 전부였으며 귀향해서도 그리운 바다 운영에 모든 것을 던지다시피 했으니 벌써 십오 년은 지났나 보다. 문득 대학 학보사 기자를 하면서 사회 구성원으로서의 정체성에 대해 친구들과 뜨겁게 논쟁했던 때가 생각났다. 또 산동네에서 봉사 활동을 하면서 우리 사회의 그늘진 곳에 애정을 두었던 어린 시절도 떠올랐다.

코로나바이러스가 침입한 초기에는 귀향을 정말 잘했다며 스스로 흐뭇해하기도 했었다. 그 즈음에 만난 어떤 칼럼에서는 "이제 시골에서의 삶이 소중해진다. 이 코로나바이러스는 기본적으로 인간의 도시 집중과 자연 파괴를 수반한 산업화의 문제이다. 자연과의 공존을 소홀히 한 문명의 질주가 가져온 생태계의 파멸이 불러온 인간의 자충수다. 따라서 앞으로 일정 정도 인간과 인간의 거리 두기가 자연스럽게 가능한 시골에서의 삶이 새롭게 각광 받게 될 것"이라면서 지방 예찬론을 펼치고 있었다. 그런 차원에서 볼 때 민호는 자신의 귀향이 참으로 지혜로운 선택이었다는 생각도 들었다. 코로나 초기만 해도 정부는 방역 지침이라는 것을 인구가 과밀하게 집중된 수도권과 지방에 다르게 적용했었다.

그러나 요즘은 그런 구분조차 없이 일관된 방역 지침이 전국을 호령한다. 시골 구석구석까지도 코로나로 얼어붙었다. 얼마 전에는 밭에서 혼자 호미질을 하시는 노인이 마스크를 꼭 끼고 있는 모습을 보면서 씁쓸한 마음이 들었었다. 시청에서 팀장으로 일하는 친구 철진의 얼굴을 본 지도 언제였는지 가물가물하다. 이런저런 회식 자리가 생길 때면 단체 손님들을 몰고 오곤 했는데 단체 손님이 끊긴 지 오래되었다. 더구나 공무원들은 위에서 엄격한 지침이 시달되고 있어서 개인적으로 소주 한잔하는 일도 조심스럽다고들 했다. 그러고 보니 대학 친구들과의 모임을 갖지 못한 지도 일 년이 훌쩍 지났다. 핸드폰 단체방에서라도 대화를 나누곤 했는데 그것도 요즘은 조용하다. 산다는 것은 뭐니 뭐니 해도 그리운 얼굴들과 마주앉아 두런두런 대화를 나누고 음식을 같이해야 즐거운 법인데 이 무슨 날벼락이란 말인가.

홀서빙을 하는 알바 학생이 더 이상 나오지 않게 됐지만 그리운 바다의 홀은 더 고즈넉해진 듯하다. 삼일 뒤부터는 그나마 밤 열 시까지였던 영업시간도 아홉 시까지로 줄어들기 때문인가보다. 더구나 인원도 4명까지만 식당에 출입할 수 있다면서 예의 그 무표정한 정부 당국자가 방역 지침이라고 발표하는 모습을 오전에 멍한 표정으로 지켜봐야 했다. 언제부턴가 알파니 베타니 하면서 등장했던 코로나 변이가 델타까지 생겨 기승이라고 한다. 요즘은 횟감을 가지고 매일 찾아오던 수산집 차량도 삼일에 한 번씩 받는데 더 늦춰야 할 분위기다. 오꼬노미야끼, 연어샐러드, 소고기타다끼, 돈가스 같은 식재료는 냉장고에 보관하면 되므로 그런대로 문제가 되지 않는다. 하지만 신선한 해산물을 자랑해 온 그리운 바다에서 해산물 관리는 매우 중요하다. 수족관 물고기는 빨리빨리 교체해주어야 한다. 그런데 그 높은 회전율이라는 것은 장사가 될 때 가능한 법 아니던가.

달랑 두 테이블밖에 받지 못했는데 벌써 문을 닫아야 하는 시각이다. 이젠 사람들이 아예 집 밖 출입을 포기했는지 먹자골목에서 사람 구경하는 일이 귀해졌으니 그럴 만도 하다. 일이 없으면 청소라도 하면서 손님이 있든 없든 주방을 지키던 미진 씨가 방긋 웃으면서 주방에서 나와 퇴근 인사를 했다. 민호는 미진 씨의 뒤를 보면서 짠한 마음이 들었다. 남편이 노름으로 가산을 날려 이혼을 했고 지금은 홀로 두 아이를 어렵게 키우고 있는 미진 씨에게 어려운 말을 해야만 할 것같다. 실제 근무 시간도 짧아졌으며 매출이 바닥을 치고 있는 상황을 미진 씨가 왜 모르겠는가. 솔직히 말하면서 어렵지만 함께 가자고 이야기한다면 마다할 리가 없을 거라는 생각이 들었다. 하지만 미진 씨가 줄어든 급여로 생활을 유지할수 있을까 생각하니 살짝 두통이 밀려왔다. 혼자 생각에 잠긴채 멍하니 천장의 레일등을 바라보던 민호는 무슨 생각이 났는지 벌떡 일어나 소등을 하고 셔터를 내렸다. 그리고 필재네 호프집 쪽으로 걸음을 서둘렀다.

호프집 앞에는 검정 마스크를 낀 배달 라이더들이 부릉거리고 있었고, 호프집에서 막 나온 듯한 사람들이 출입구 주변에서 서성이고 있었다. 문을 밀고 들어가자 매대 한쪽에는 배달 순서를 기다리는 치킨과 피자 박스들이 막차를 기다리는 학생들처럼 줄지어 있는 게 보였다. 그리고 계산대 앞에는 젊은 사람들이 마스크를 꼭 눌러쓴 채 죽 늘어서서 차례를 기다리고 있었다. 문 닫는 시각에 맞춰서 일제히 일어난 손님들이 결제를 기다리는 풍경이었다. 민호는 아, 하고 짧게 탄성을 질렀다. 코로나 시대라고는 도무지 믿기지 않았다. 마치 이 소도시의 젊은이들이 모두 이곳에 운집한 듯했다. 텔레비전에서는 민호네 식당처럼 온통 울상인 상인들만 보여서 당연히 모두들 어렵기만 한 줄 알았었다. 그런데 바로 인근, 그것도 가까운 친구가 운영하는 호프집 상황은 코로나와 아무런 관계가 없어 보였다. 유니폼을 입은 알바생들이 테이블을 열심히 치우고 있었고 주방 설거지통 앞에는 대여섯 명이 동시에 팔을 걷어붙인 채 분주하게 움직이고 있었다. 민호가 필재를 찾아 기웃대는데 칸막이로 반쯤 가린 자리에서 필재가 손을 번쩍 들었다. 필재는 유니폼을 입은 한 젊은 친구와 마주

앉아 무언가 이야기를 나누고 있었다.

"야, 대단하다. 이 시국에 장사 잘되는 집은 자네 호프밖에 없을 거야!"

"에잇, 잘되기는 뭐가 잘된다고 그래. 그러구 저러구 재난 지원금 백만 원이 뭐냐? 도대체 내가 내는 세금이 얼마인데 말이야. 그깟 돈 줄려고 네가 옳으니 내가 옳으니 하면서 국회의원들끼리 추경안을 놓고 싸웠다는 게 참 우습다. 그렇지 않아?"

"허긴 그래. 겨우 백만 원? 그 돈 주면서 재난 지원이라고 한다니 참 그렇다. 근데 자네 호프집은 매출 짱짱하지 않아? 배달 라이더들이 끊이지 않던데? 요즘은 사람들이 배달 음식을 선호하는 데다 자네가 하는 치킨과 피자는 대표적인 배달 음식이잖아!"

"아, 김 사장! 그건 모르는 소리야! 나는 밤에 맥주 매출이 차지하는 비중이 꽤 컸다구. 그런데 이젠 맥주를 한 번 떼면 일주일이 지나도 그대로야! 오늘도 이젠 장사 끝이지. 원래는 지금부터가 피크인데 말이야. 그러구 소득이라는 것이 말이지, 월 몇백 벌던 사람은 일이백 떨어질 테지만 이삼천 벌던 사람은 그 떨어지는 단위가 달라. 그걸 어떻게 채우구 보상받냐구! 기껏 백만 원 주는 것도 어쩌면 다음 달에 있을 지방

선거 용인지도 몰라. 우리 같은 서민들은 맨날 당허기만 허는
겨."

아, 역시 필재의 돈 단위는 달랐다. 사업이 잘되는지는 알
고 있었지만 민호가 어림잡은 매출과는 차원이 다른 듯했다.
이런 어려운 시장 환경에서도 필재는 대로변 가장 좋은 자리
에서 떠들썩하게 장사를 하고 있지 않은가. 방역 수칙에 따라
열 시면 열 시, 아홉 시면 아홉 시, 땡 할 때까지 사람들이 문
전성시를 이루고 있는 호프집 사장의 넋두리를 곧이곧대로
믿어야 하는 것인지 헷갈렸다. 더구나 한국 사회의 정치적 상
황에 연결해 강력한 불만과 자기주장을 펼치는 데는 다소 논
리적으로 들리기도 해서 한참 동안 이어진 필재의 사회 비판
을 반박할 수 없었다.

집으로 돌아오는 발걸음이 오늘따라 유난히 무거웠다. 내
일 미진 씨에게 어디서부터 말해야 할까 고민하는데, 문득 필
재가 악쓰듯 펼쳤던 주장들이 뒤섞여 들어와 머릿속을 차지
하곤 했다. 학창 시절에 민호는 꽤 상위권 성적을 유지하는
모범생이었다. 서울에 있는 대학에 진학할 당시 친구들이 모
두들 부러워했었고 어른들로부터 기대도 한몸에 받았었다.
반면에 어른들이 하지 말라는 짓은 단골로 하면서도 이리저
리 잘 피해 다녔던 필재는 어쩌면 민호 자신보다 어느 모로

보나 앞서 있었다. 자기 논리로 무장된 사회적 식견 또한 튼튼해 보였다. 대학 시절에 맹자, 노자를 비롯해 칸트니 헤겔이니 하면서 인문학 서적을 탐독했고 한때는 도시 빈민의 삶에 측은지심을 느껴서 민중을 위하는 실천적 삶을 지향했던 젊은 대학생 민호는 도대체 어디로 갔단 말인가. 이것도 저것도 아니라는 생각이 들면서 몸에서 기운이 달아나는 느낌이었다. 청소년기에 자신이 왜 그토록 우등생이 되고 싶어 했는지, 대학에 왜 그토록 매달렸는지 참으로 부질없다는 생각도 들었다.

집에 도착하니 아내가 텔레비전을 보고 있었다. 아내 옆에는 한쪽이 접힌 책 한 권이 놓여 있었다. 얼마 전까지 아내가 펼쳤던 책인 듯했다. 민호는 무심코 그 책을 집어 들었다. 어떤 교수가 한국 사회를 진단하고 있었다. "우리나라는 청소년 우울증이 세계 최고이다. 또한 자살률과 산업재해 사망률도 전 세계에서 가장 높다. 이는 학벌, 직업, 성별 등의 면에서 세계 최고의 불평등 국가임을 반증한다"면서 "무한 경쟁으로부터 벗어나야 한다"고 말하고 있었다.

다소 도발적이다 싶은 책에 빠져드는데, 텔레비전에서 코로나 관련한 뉴스가 흘러나왔다. 관계 부처 장관이 단상에서 엄숙한 표정으로 준비한 원고를 읽었다. "이 위기의 순간을 슬기롭게 극복해서 우리의 공동체를 지켜내기 위해 다 함께 힘을 모아주시기 바랍니다"라면서 또 공동체를 강조하고 있었다. 정말로 저 위정자들이 말하는 공동체와 시민들이 생각하는 공동체가 같은 것인지 의문이 들었다. 이런저런 생각의 실타래를 풀지 못하고 우울해하는 마음을 알아채기라도 한 것인지 아내가 불쑥 민호의 생각 속으로 밀고 들어왔다.

"내가 나가서 주방 일 볼까? 당신 요즘 많이 힘들잖아! 서울 명동이며 을지로 일대에는 문 닫는 가게들도 많다고 그래. 거기에 비하면 우린 아직 버틸 만하잖아. 힘내! 또 우리는 빚은 있지만 내 건물인데, 크게 걱정하지 말아! 우리가 엄청 부자 되려고 귀향한 것도 아니구 말이야."

아내의 말은 민호에게 위로가 되었다. 그러나 주방 일을 본인이 하겠다는 아내의 제안을 거절하기도, 그렇다고 선뜻 받아들이기도 난감했다. 밤새 뒤척이며 궁리해보아도 이렇다 할 해결책은 떠오르지 않았다.

다음 날 비교적 일찍 가게로 나갔다. 출입문을 열고 들어가는데 세무 신고를 도와주는 세무사 사무실 직원에게서 전화가 왔다.

"사장님! 부가세 납부서 카톡으로 보내드렸어요. 보시고 내일까지 납부하시면 됩니다."

"아… 예. 알겠습니다."

자영업을 하다 보니 부가세며 소득세며 세금 내는 날은 꼬박꼬박 찾아왔다. 상하반기 분기별로 납부하는 부가세에 예정 고지서 두 번, 소득세와 소득세 예정 고지서까지 하면 꼭 두 달에 한 번꼴로 세금을 내고 있었다. 코로나 시국에도 어김없이 세금 고지서는 날아오고 있었다. 민호는 필재에게 전화를 걸었다. 민호의 입에서 세금이라는 단어가 떨어지기 무섭게 필재의 목소리가 커졌다.

"아이 씨발! 이렇게 어려운데 부가세가 3천이나 나왔어! 어디 자료 구할 데 없을까?"

돈을 벌었으면 세금을 내야 하는 게 당연하다고만 생각해 온 민호에게 필재의 부가세 3천이라는 말은 놀라웠다. 도대체 매출이 얼마길래 그토록 세금이 많이 나오는 것인지 가늠이 안 됐다. 그런데 필재의 음성이 더 높아졌다.

"도대체가 이 정권은 어떻게 된 것이지? 세금은 이렇게 존나게 많이 뜯어가면서도 재난지원금은 겨우 백만 원밖에 안 준다는 게 말이 되냐? 말이 돼?"

부가가치세라는 것은 간접세로 소비가가 물건을 살 때 내는 돈인데 사업자가 추후 모아서 내는 것이니 어쩌니 하면서 말하려던 민호는 입을 다물었다. 잘못 말했다가 어떤 질책을 받게 될지 모르는 일이었다. 민호는 용기를 내서 필재에게 생각해 둔 말을 꺼냈다.

"야! 세금 낼 돈이 없는데 융통 좀 해주면 안 될까?"

"허, 김 사장은 아직 그것 몰라? 코로나 대출 말이야. 세율이 일프로도 안 돼! 부동산 담보는 삼사 프로인데 비해서 거저야 거저. 나도 얼마 전에 은행에서 코로나 대출 받았어. 그 돈으로 이율 높은 대출 갚았다구! 얼른 은행에 가 봐! 오천은 어렵지 않게 받을 수 있을 거야!"

순간 민호의 얼굴에 화색이 돌았다. 코로나 대출 어쩌고 하는 이야기를 언론을 통해 들은 기억이 어렴풋이 있지만 대출이라는 것을 그렇게 이용할 수 있다는 것을 생각한 적이 없었다. 가진 사람들은 정보도 풍부한 것인지 모를 일이었다. 또한 필재처럼 잘나가려면 호들갑스럽게 엄살을 떨 줄도 알아야 하는가 보다 싶었다.

실내 환기를 시키기 위해 식당 창문을 활짝 열어놓은 후에 텔레비전을 켰더니 뉴스 전문 채널에서 기업 동향을 전하고 있었다.

"삼성전자와 하이닉스가 지난해 반도체 사업에서만 40조 원이 넘는 사상 최대의 영업 흑자를 냈습니다. 이는 지난해 비대면 산업 성장에 따른 서버 수요 급증 등으로⋯."

아나운서는 자신의 일인 듯 약간 달뜬 음성으로 소식을 전하고 있었다. 과연 저 소식이 식당 주인들에게도 기쁜 소식이 될 수 있는 것인지 잠깐 생각을 더듬어 보는데, 어젯밤 아내가 읽던 책의 한 구절이 떠올랐다. 그 책은 '각자도생의 사회다. 네가 알아서 네 삶을 살아라'라면서 국가의 존재 이유를 묻고 있었다.

쓸쓸하게 웃으면서 채널을 돌리자 요즘 인기 있는 예능 프로그램에 나온 연예인들이 히히덕거리고 있었다. 민호가 그들을 따라 히죽히죽 웃음을 흘리고 제법 콧노래까지 흥얼대는데 출근하는 미진 씨가 예의 그 밝은 음성으로 인사를 했다. 민호는 더 밝고 힘찬 목소리로 인사를 받았다.

"미진 씨! 파이팅입니다. 오늘도 잘 해보자구요. 까짓것 가는 데까지 가보는 겁니다. 제까짓 게 뭐 끝이 있겠지요. 난 각자도생 안 할랍니다."

민호는 너무 나갔나 해서 아차 싶었는데, 미진 씨는 벌써 주방에 들어가 싱크대 수도꼭지를 돌리고 있었다. 방금 민호가 던진 뒷말을 미진 씨가 알아들었든 못 알아들었든 상관없었다. 예능 프로그램에 출연한 가수와 영화배우는 여전히 키득키득 웃고 있었다.

해 뜨는 집

모임 총무가 하는 일은 어디든 대체로 비슷하다. 모임 날짜가 다가오면 식당을 수소문해서 예약하고 회원들에게 스마트폰 문자를 보내 참석을 독려하는 정도이다. 한 가지 더 있다면 회원들이 통장에 넣어준 회비 내역을 확인하는 일이 일이라면 일일 것이다. 인수가 맡은 북소리 총무 역할도 뭐 일이라고 할 것도 없다. 회비는 15명 회원이 모두 월 2만 원씩 자동이체를 하고 있으므로 사실상 내역을 정리하고 말고 할 것까지도 없다. 문자를 보내는 일도 요즘은 스마트폰 속에 모임방이 만들어져 있어서 그곳에 들어가 한마디만 해도 회원 전체가 인지할 수 있다. 문제는 어느 식당에서 만날 것인가인데 그것도 대게 전화 한 통이면 아주 간단히 해결된다. 아주 특별한 일이 없는 한 같은 식당에서 만나기 때문이다. 이번 모임 준비 또한 어려울 것이 없었다.

"거기 해 뜨는 집이죠? 이모! 저 북소리 하던 정인수예요. 안녕히 지내셨죠? 이번 주 토요일 날 저녁에 네 상 예약할게요. 버섯 듬뿍 넣어서 두부전골로 준비해주세요."

무슨 물건을 사달라거나 도와달라며 부탁하는 전화가 아니라 돈 쓰기 위해서 예약하는 전화처럼 기분 좋고 당당한 경우가 또 있을까. 호주머니에 돈 두둑이 장만해서 고급 옷 가게를 들어가는 사람들의 표정을 보라. 특히 그 가게에서 유명 메이커 마크가 새겨진 큰 종이 가방 두세 개를 들고나오는 이들은 어깨가 쫙쫙하게 펴지고 얼굴에는 온화한 미소가 흐르지 않던가. 우리가 돈을 쓴다는 것은 누군가가 돈을 번다는 것이니 판매자 앞에서 우리는 떳떳하다.

다소 퉁명스럽지만 정감이 느껴지는 해 뜨는 집 아주머니와의 전화를 끊고, 입시 학원에 강의 나갈 준비를 하던 인수는 책꽂이에 꽂힌 책들을 멀뚱히 바라보았다. 양쪽 벽면을 채우고도 모자라 책상 옆 한 켠에 켜켜이 쌓여 있는 책들은 인수 삶의 분신과도 같다. 대학 시절 자취방을 옮길 때부터 시작해서 지금의 연립주택에 이르기까지 이삿짐을 열 번도 넘게 꾸렸고, 그때마다 인수의 책은 가장 무거운 이삿짐이었다.

하지만 매번 그 책 꾸러미를 가장 애지중지했고 지금도 인수 개인의 짐 가운데는 가장 많은 부피를 차지한다. 그 책 가운데는 철학이나 역사책들도 제법 공간을 차지하지만, 대부분은 문학 관련된 책이다. 그중에도 시집이 가장 많을 듯싶다. 국내외 유명 시인의 시집은 거의 도서관을 방불케 할 정도로 갖췄고, 요즘은 이곳저곳에서 만난 무명 시인들의 시집들을 비롯해서 아직 아마추어 티를 벗지 못한 시집들도 한 켠을 채우고 있다.

인수가 해 뜨는 집과 인연이 된 것은 대학 시절 시인 흉내를 낼 때부터였으니 벌써 이십 년도 더 지난 일이다. 개골목이라고 불렸던 대학가 선술집 골목 끝에 있는 해 뜨는 집은 이름만큼이나 유명세를 떨쳤다. 주변 술집 중에서도 그 해 뜨는 집에 들어간 날이면 왜 그토록 감성에 젖어야 했는지 알수 없다. 주인아주머니가 고래고래 소리 지르면서 이젠 나가라고 외치는 새벽녘이 되어야 일행은 마지못해 자리를 털고 일어났다. 또 그것으로도 모자란 학생들은 다시 휘청이는 몸을 이끌고 학교 벤치나 동아리방을 찾아 부족한 술과 아직 떨구지 못한 감성의 심연 속으로 밑도 끝도 없이 빠져들었다. 아마도 '해 뜨는 집'이라는 이름이 젊은 청춘들의 희미한 미래에 어렴풋한 기대감을 주고 힘든 현실을 패기와 오기로 버티

라는 암시를 주지 않았던가 싶다. 그리고 그날의 마지막 합창
은 으레 '새파랗게 젊다는 게 한밑천인데 쩨쩨하게 굴지 말고
가슴을 쫙 펴라'로 시작되는 들국화의 노래 〈사노라면〉으로
끝나고는 했다.

아마도 해 뜨는 집은 그 시대 같은 대학을 다닌 학생이라
면 주인장에게 눈도장 한두 번 안 찍어본 사람이 없을 것이
다. 하지만 중년이 된 지금도 그곳을 찾는 사람이 몇이나 될
까. 더구나 도심 재개발로 인해서 학생들에게 그토록 유명했
던 개골목이라는 골목길이 번듯한 상가로 바뀌지 않았던가.
불행인지 다행인지 모르지만, 골목길 끝에 있던 해 뜨는 집
은 그 재개발 권역에서도 벗어나 옛 모습 그대로 세월을 지켜
오고 있다. 그리고 노인이 된 그 아주머니는 무슨 천직이라도
되는지 아직도 선술집 해 뜨는 집을 운영하고 있다.

지금도 북소리 모임 장소를 해 뜨는 집으로 계속 이어오는
것은 아마도 옛 벗들끼리 모여 청춘을 회상하기 딱 좋은 곳이
기 때문일 것이다. 학생 시절에는 딱 부러지던 일 년 선후
배 사이였으나 이제는 거의 무의미해졌고 함께 나이 먹어 가
는 친구들이 해 뜨는 집에서 만나 추억의 그림자를 밟으며 그
리움을 소환하는 위로의 공간이 된 것이다.

우리가 다시 모이기 시작한 것은 대학을 졸업하고 십 년쯤

지났을 때였다. 이제는 재학생 후배들과의 인연도 멀어지고 세상은 민주화 이후의 시대라는 이상한 이름으로 불리기 시작한 무렵이었다. 음료수 대리점을 제법 크게 운영하는 2년 선배 남종대의 주선으로 또래 몇 명이 오랜만에 만난 것이 시작이었다. 남종대 선배는 학교 사정에도 제법 정통한 듯 말을 이었다.

"이제 학교에 있던 북소리도 신입 회원이 없어서 해체되었어. 도시 빈민은 아직도 우리 사회 곳곳에서 고난의 삶을 이어가고 있지만, 세상이 변했나 봐. 더 이상 그런 사회 문제에 관심 갖는 학생들을 만나기 어려워진 거야. 사실 우리도 졸업 후에 생업에 쫓기다 보니 북소리를 거의 잊고 살잖아. 우리 가끔 만나 얼굴이라도 보면서 살자고!"

그 말에 이의를 다는 사람은 아무도 없었고, 그 후 연락이 닿는 또래들을 수소문해서 열댓 명이 만나는 어엿한 모임이 만들어진 것이었다. 이름하여 올드 보이(Old Boy)란 말의 이니셜을 딴 '북소리 오비 모임'이었다. 이제는 모임이 제법 틀을 갖추어서 남종대 선배가 회장을 맡고 인수가 총무를 맡아 일 년에 두세 차례 정기적인 만남을 이어가고 있다.

오늘도 몇 달 만에 만나 이런저런 세상살이 이야기를 나누면서 술이 제법 거나해진 무렵이었다. 이름만 대면 알 수 있는 대기업에서 과장을 단 송기철이라는 선배가 술잔을 높이 들더니 한마디 했다.

"애들아! 사실 우리 북소리의 이념이 있었잖아. 도시 빈민은 산업화로 인해서 농촌에서 도시로 이농한 사람들이 대부분이고, 그들의 고단한 삶에 대한 책임은 상당 부분 국가에 있다고 했지. 그래서 도시 빈민이 없어지는 세상이야말로 우리가 꿈꾸던 세상 아니었냐? 그렇다면 우리가 작은 무언가라도 실천해야 하지 않을까? 그게 우리의 뿌리를 찾는 일이기도 하잖아."

눈가에 주름이 제법 만들어져 가고 있는 회원들은 갑작스런 선배의 말에 순간 숙연한 빛이 역력해졌다. 서로 얼굴을 마주 보지 못하고 아무 말 없이 술잔에 시선을 떨구는 듯했다. 사실 학창 시절 우리는 세상을 바꾸는 작은 혁명가들에 가까웠다. 하지만 사회생활을 시작하고 이런저런 생업이 빠져 살다 보니, 학창 시절의 혈기와 꿈은 어느덧 떠오른 햇살에 사라지는 나뭇가지의 하얀 서리처럼 흔적도 찾을 수 없게 되었다.

모두가 침묵하고 있던 그때 인수의 동기 성진이 나섰다. 일찍이 사법시험에 합격하고 판사로 일하다가 홀연히 퇴직해서 지금은 대형 로펌에 소속된 변호사로 일하는 친구였다. 언젠가 누군가가 그 좋은 판사를 왜 그만두었느냐고 묻자 로펌 변호사 수입이 판사보다 훨씬 많다며 열변을 토해서 동기들의 말문을 막았던 친구였다. 변호사 성진은 북소리 친구들 중에 가장 일찍 졸업 후 진로를 준비했었다. 무섭도록 차갑게 모든 관계를 끊고 사법시험 준비에 매진하면서도 아주 가끔씩 북소리 무리 속에 자신의 얼굴을 비춰주던 동기생이었다. 사실 친구라고 하기에는 그와의 끈끈한 정이 그다지 두텁지 못하지만, 묘하게도 끊길 듯 이어지는 관계였다. 북소리 오비 모임에도 처음부터 합류한 것은 아니지만 삼 년인가 사 년 전에 불쑥 모습을 드러내더니 예의 그 사교성을 발휘하기 시작했고, 이제는 스스럼없는 친구로 지내고 있었다. 솔직히 말해서 끈끈한 관계를 맺고 있는 북소리 친구라기보다는 사회 친구에 더 가깝다고 말해야 옳을 것 같다. 그 성진이 이 순간에 왜 나서는지 모르겠지만 큰 눈을 더 크게 뜨면서 희소식이라도 된다는 듯이 말을 이어 나갔다.

"기철이 형 말이 맞아! 인간은 가치를 추구하며 살아야 기쁨이 배가되는 존재잖아. 우리 이렇게 모였으니까 작은 일이라도 의미 있는 일을 함께하면서 살자구. 왜 우리가 학생 때 만들었던 야학이 있던 산동네 말이야. 아직도 별로 바뀌지 않았던데 그 동네에 연탄 배달 봉사라도 하면 어떨까. 산동네 마을에는 아직도 연탄보일러를 사용하는 집들이 많다고 하더라고. 원래 기름보일러가 있는데 기름값이 너무 오르니까 연탄보일러를 연결해서 두 가지를 모두 사용할 수 있도록 설계하곤 한대."

친구들이 선뜻 동의도 반대도 하지 않고 서로 눈치만 보는 듯하자 동기 김호웅이 손바닥으로 상을 탁 치면서 맞장구를 쳤다.

"그래! 괜찮은 생각 같다. 연탄은 돈도 조금 들면서도 사용하는 분들께는 겨울이면 그것만큼 소중한 것이 또 없을 거야. 우리 연탄이라도 사서 보내 드리자. 동사무소 사회복지 담당을 찾아가면 어느 집에 갖다 드리면 될지 정도는 금방 알 수 있을 거야. 그곳에 배달시키자고!"

동기 김호웅은 테이프를 만드는 중소기업에 다니는데 말이 중소기업이지 생산, 관리는 물론 급할 때면 영업까지도 투입돼서 사장 바로 밑에서 일하는 성실맨이었다. 호웅은 당장이라도 팔을 걷어붙이고 일을 해치워버릴 듯이 목소리를 높였다. 그때 강성진이 손사래를 치며 호웅의 말을 가로막았다.

"내 말은 그 말이 아니고, 우리가 직접 배달을 하자는 거야. 연탄값이라고 해야 사실 오늘 밤 우리가 밥 먹고 술 먹는 비용이면 여러 집에 따뜻한 겨울나기가 가능해. 중요한 것은 우리의 마음이 더 중요하지 않을까. 주말을 이용해서 우리 다 같이 팔 걷고 힘 한번 써보자고. 왜, 우리가 드나들던 그 산동네는 골목길이 너무 작아서 집 앞까지 리어카도 들어가지 못하는 집들도 있잖아. 그런 집들에 연탄을 날라주면 우리 기분도 짱 아니겠냐? 왜 텔레비전에도 가끔 나오잖아. 유명한 사람들이 와이셔츠에 검은 연탄 자국 만들면서 연탄 배달 봉사하는 장면 말이야. 너희들도 본 적 있지 않아?"

아, 그날 밤 우리에게는 마치 옛날에 그랬듯이 작은 혁명가의 기운마저 맴돌았다. 취기가 더해지자 해 뜨는 집이 떠나가라며 학창 시절에 소리 높여 외쳐 불렀던 노래를 불러제꼈고, 옛날처럼 주인아주머니에게 등이 떠밀려서 쫓겨나듯이 해 뜨는 집을 나왔다. 급기야 '새파랗게 젊다는 게 한밑천인데…' 노래를 부르며 어깨동무하고 걷는 호기까지도 연출했다. 중년에 들어선 사람들이, 그것도 여자까지도 몇 명 줄지어 서서 고성방가를 하고 있으니 지나던 사람들이 이맛살을 찌푸리곤 했다. 개골목이 없어지고 새롭게 단장한 깨끗한 상가의 호프집에서 나오던 젊은 학생들이 취한 중년들에게 슬금슬금 길을 비켜주곤 했다.

그 후 석 달쯤 지난 12월 중순이었다. 산동네로 향하는 길은 곡예 운전을 감수해야 했다. 지난달에 답사 겸 왔다 갈 때와는 길이 사뭇 달라져 있었다. 경사진 길인데다 이곳저곳에 녹지 않은 얼음이 있어서 계속 차를 모는 것이 아무래도 어려워 보였다. 인수는 가까스로 모퉁이에 차를 세우고 걸어 오르기 시작했다. 학생 때는 뛰듯이 다녔던 그 길이 이십 년의 세월과 함께 더 가팔라지기라도 했는지 힘에 부쳤다. 인수가 연탄 배달 차량을 만나기로 한 지점에 이르자 등줄기에서 살짝 땀내가 났다.

만나기로 한 자리에는 벌써 김호웅이 도착해 있었다. 그는 털모자를 따로 준비하고 허름한 잠바까지 걸친 모습이 연탄 배달부 같다는 생각이 들어 살짝 웃음이 새어 나왔다.

"왜 웃어, 인마! 이건 내가 현장에서 입는 옷이야. 그리고 이 털모자 괜찮지 않아? 내가 겨울이면 아침 식전에 동네 산책용으로 사용하는 모자야. 이래 봬도 내가 근 10년은 애지중지해온 보물이라구! 근데 인수야! 오늘 누구누구 온댔어?"

"아, 종대 형은 회장이니까 나올 테고, 성진이하고 기철이 형이 온다고 그랬어!"

그때 헉헉대며 모퉁이를 돌아오는 중년 여성이 있었다. 전업주부인 후배 미영이였다. 사실상 말이 전업주부지 그녀도 누구 못지않게 바쁘다는 것을 인수는 잘 알고 있었다. 자신이 사는 아파트에 공부방을 차려서 입시생들을 가르치는데 밤늦게까지 일한다고 들었다. 게다가 얼마 전부터는 새벽반 학생들이 있어서 아침밥도 남편이 아이들과 차려 먹는다는 것을 인수는 잘 알고 있었다. 그렇게 바쁘게 사는 미영이 나타난 것이다.

"선배! 올라오는 길이 너무 힘들다. 우리 학생 때 이 길로 어떻게 다녔나 몰라!"

학생 때도 그렇게 밝고 똑 부러져서 이곳저곳에서 인기가 참으로 많았는데 역시 야무지게 잘살고 있었다. 지난번 모임 때도 중간고사 기간이라서 과외 하러 가야 한다면서 밥만 먹고 일찍 자리를 떠서 이번 일이 진행된 내막은 잘 모를 것이 뻔한데 불쑥 그녀가 나타난 것이다. 이번 봉사 활동에 대해 그녀에게는 형식적으로 핸드폰 문자를 한 번 돌렸을 뿐이다. 미영이 양팔을 쫙 펴며 심호흡이라도 하는 듯이 주위를 둘러보더니 꽥 소리를 질렀다.

"그런데 왜 사람들이 이렇게 안 오는 거야! 인수 선배! 도대체 연락을 어떻게 한 거야? 지금 약속한 지 30분이나 지났잖아!"

그때 연탄을 실은 육중한 트럭이 골목길을 돌아 그들이 앉

아 있는 슈퍼마켓 평상 앞에 서더니 날렵하게 생긴 사내가 차
창을 내렸다.

"연탄 어디로 내려드리면 되지요?"

인수가 맞은편에 있는 공터를 가리키자 트럭이 부룽 하면
서 잽싸게 꽁무니를 들이댔다. 그리고 쏜살같이 운전석에서
뛰어내린 사내가 가뿐히 짐칸 위에 올라가더니 연탄을 받으
라며 소리쳤다. 평상에 앉아 잡담을 나누던 세 사람은 누가
먼저랄 것 없이 사내를 향했다. 인수도 장갑을 끼면서 트럭을
향해 가는데 핸드폰이 울렸다. 기철이 형이었다.

"야, 인수야 미안하다. 나 어제 바이어가 와서 접대하고 있
는데 아직 바이어가 안 갔어. 오늘은 경주에 꼭 들르고 싶다
잖아. 워낙 비중도가 높은 사람이라서 과장인 내가 직접 수발
을 들어야 하거든. 오늘 토요일인데도 뭐 빠지게 경주까지 갔
다 와야 해. 수고해!"

인수는 다리에 힘이 풀리는 느낌이었다. 바람을 불어넣을
대로 불어넣더니 자신은 슬그머니 빠져나가지 않는가. 기철
이 경주에 간다는 말이 왠지 사실 같이 들리지 않았다. 접대
가 많은 자리에 있기는 하지만 전화 목소리는 아직 잠에서 덜
깬 듯 가지런하지 못한 목소리였다.

후배 미영은 생각보다도 더 씩씩했다. 연탄을 넉 장씩 집게

로 집어서 번쩍번쩍 들어올리는 모습이 한몫 톡톡히 하는 인부였다. 우리는 노련한 사내의 손길에 맞춰 연탄을 내려 쌓느라고 말할 틈도 거의 없이 움직였다. 트럭 짐칸에 가득 담겨 있던 연탄을 공터에 쌓고보니 가히 굉장한 분량이었다. 트럭에 시동을 켜던 사내가 한마디 던졌다.

"그 연탄 모두 옮기고 나면 몸살 좀 날 거예요. 살살 하세요."

연탄은 생각보다 많은 양이었다. 저 많은 것을 양손에 집게 하나씩 들고 모두 날라야 한다고 생각하니 불현듯 악, 소리가 났다. 어느덧 옷자락 이곳저곳에 검댕이 묻은 세 사람은 슈퍼에서 생수를 사다가 벌컥벌컥 들이켰다. 그때 김호웅이 몸이 더워지는지 작업복 웃옷을 벗으면서 소리쳤다.

"인수야, 전화 좀 해봐! 사람들이 온다는 거야, 안 온다는 거야!"

인수는 얼른 회장 남종대에게 전화를 넣었다.

"어, 인수냐? 내가 오늘 연말이라서 도저히 못 나가겠어. 바빠 죽겠는데 배달원 한 녀석이 결근해서 말이야. 이해해줘라. 회장이 되어서 참석 못 해 정말 미안하다."

종대 형은 얼마나 바쁜지 인수의 다음 말을 들을 겨를도 없이 전화기에서 통화 종료음이 들렸다. 형이 바쁜 것은 다 아는 사실이다. 음료수 대리점 일이 잘되면서 눈코 뜰 새 없이 바쁘고 웬만해서는 일요일도 근무한다고 들어서 잘 알고 있다. 그런데 두 달 전에, 그것도 본인이 앞장서서 들쑤셔놓고는 당일이 되니까 못 나오겠다니 이 일을 어떻게 해석해야 옳단 말인가. 사실 오늘의 연탄 배달은 주문이며 답사며 동사무소에 연락하는 일까지 모두 총무인 인수가 도맡지 않았던가. 그동안 회장은 무엇을 했지, 라고 생각이 미치자 갑자기 속이 메슥거리는 것 같았다.

이번에는 변호사 강성진에게 전화를 걸었다. 그런데 전화기가 꺼져 있다는 안내 멘트만 나올 뿐이었다. 인수는 잠시 후에 다시 전화를 걸었다. 계속해서 전화기가 꺼져 있었다. 이번 봉사 활동을 결정하는 데 사실상 가장 적극적이었던 성진이 아니었던가. 그런데 나타나기는 고사하고 전화 연결도 안 되다니, 선뜻 이해가 되지 않았다. 다른 사람들은 몰라도 성진이 나오지 않는 것은 정말이지 생각하지 못했던 일이다. 그런데 얼핏 생각해보니 조금 이상하기는 하다. 스마트폰 모임방에서도 댓글을 열심히 달며 따라다녔고 문자를 보내도 답변이 빠르게 돌아왔던 성진이 아니었던가. 그런데 최근 들어서 성진의 모습이 보이지 않았다는 생각이 들었다. 어제 마지막 연락에서도 성진의 답글은 보지 못했었다. 인수는 성진의 근황이 궁금해졌다.

"호웅아! 미영아! 너희들 성진이 요즘 연락한 적 있어?"

"야! 내가 언제 성진이하고 연락하는 사이냐? 모임에서 만나는 게 전부지. 그리고 걔는 판사님 출신의 변호사인데, 우리하고는 급이 다르잖아! 그런데 자기가 봉사 활동을 하자고 앞장서놓고는 왜 안 오는 거지?"

세 사람은 더 이상 한가히 앉아서 잡담을 나눌 겨를이 없었다. 칠십쯤 돼 보이는 마을 통장님이 나타나서 연탄을 배달해야 할 집을 안내하였기 때문이다. 성진과 호웅, 미영은 쉬고 자시고 할 것 없이 양손에 연탄집게를 집어 들었다. 한 손에 연탄 넉 장씩, 양손에 여덟 장이 들리자 무게가 만만치 않았다. 게다가 골목을 굽이굽이 돌고 좁은 계단을 오르내리는 일은 빈손으로 왔다갔다하는 것조차 쉽지 않아 보였다. 처음에는 씩씩하게 연탄을 번쩍 들려올려 달려가던 미영이 금세 연탄을 반으로 줄여서 날랐다. 키가 제법 큰 호웅은 낮은 대문에 머리를 부딪친 이후 인상이 찌푸려지더니 잘 던지던 농담도 줄어든 듯했다. 수십 번을 그렇게 왔다갔다하자, 인수는 점점 다리에 힘이 풀리기 시작했다. 거친 숨을 몰아쉬던 호웅이 슈퍼 앞 평상에 철퍼덕 주저앉아 담배를 입에 물었다.

"야! 좀 쉬었다 하자! 옘병할, 책임도 못 질 일들을 왜 하자고 그래서 우리만 고생시키는지 모르겠다. 북소리의 이념 따지던 놈들 다 어디 간 거야! 아직도 진보는 입으로나 나불거리며 살아야 하는 건가? 실천들 잘한다, 잘해!"

"선배! 뜻은 좋은데, 좀 힘들다 그치? 하지만 어차피 이렇게 된 것, 하는 데까지 해보자고!"

당찬 미영이가 앞장서자 호웅과 인수도 다시 연탄집게를 집어 들었다. 하지만 이제는 허벅지뿐만 아니라 팔에서도 통증이 느껴지기 시작했다. 게다가 호흡이 더욱 거칠어지기 시작했고 등줄기와 이마에서 땀방울이 솟아났다. 하나같이 작심한 듯 겉옷을 벗어버리고 악을 쓰는 모습이 역력했다. 하지만 누구 하나 포기하자고 말하지 않는 게 신기한 일이었다. 그들은 마지막 안간힘을 쓰면서 계단을 오르내렸고 몸을 숙인 채 낮은 처마 밑을 기어 들어가 연탄을 쌓았다. 하지만 시간이 흘러도 슈퍼 앞에 쌓아 둔 연탄이 줄어드는 건 더디기만 했다. 보다 못 한 통장님이 슈퍼 아저씨와 동네에 거주하는 대학생들을 불러오시지 않았다면 아마도 일을 마무리하지 못했을 것이다.

그날 오후 인수는 호웅, 미영과 무슨 이야기를 나눴는지 잘 기억나지 않는다. 화가 난 것 같기도 하고 슬픔에 젖었던 것 같기도 한데 그게 딱히 북소리 친구들을 향했던 것은 아니었던 것 같다. 미영은 녹초가 된 몸을 이끌고 저녁 과외가 있다면서 먼저 자리를 떴고, 인수는 호웅과 정말 오랜만에 인사불성이 되도록 취했었다. 아! 기억나는 게 한 가지 있다. 인수와 호웅은 술에 젖어서 학생 때처럼 나라가 어떠니, 사회가 어떠니 왈가왈부할 때였지 싶다. '나 오늘 좀 바빠! 거기 못 가겠어. 다음에 연락할게'라는 문자 메시지가 강성진에게서 날아왔다. 하지만 이미 봉사 활동은 끝이 났고, 그들에게 더 이상 봉사 활동은 이야기 대상이 아니었다. 늦은 밤 택시를 잡아타고 돌아오는 길에 인수는 수많은 시적 상상이 떠올랐다. 아마도 '연탄, 불량 인간, 낮은 대문, 계단을 오르는 독거노인, 저주' 같은 시어였던 것 같다. 하지만 퉁퉁 부은 팔다리를 이끌고 집에 기어들어간 것만도 다행이라 해야 할 것이다. 집에 들어가기 무섭게 잠이 들었고, 다음 일요일을 온종일 꿈속에서 보냈으니까.

지나간 일을 들먹여서 무엇하겠는가. 이젠 그런 소소한 과거를 언급하면서 우정에 금이 가게 할 필요는 없을 만큼 우리는 나이를 먹었지 않은가. 게다가 이제는 모두 가정을 꾸리고 제각각 무거운 어깨를 짊어진 처지에 과거 일을, 그것도 속상할 법한 일을 들추어낼 만큼 어리석은 이는 아무도 없었다.

어느덧 연말이 지나고 새해가 다가오자 새해를 축하한다는, 새해에는 좋은 일만 가득하길 빈다는 덕담들을 스마트폰으로 나누기 바빴다. 그 와중이었을 것이다. 북소리에서도 새해맞이 신년회를 하자는 소리가 이곳저곳에서 들렸다. 모임 장소는 자연스럽게 해 뜨는 집으로 정해졌고 총무인 인수는 전화를 걸어 식당을 예약했다.

그런데 인수는 해 뜨는 집에 전화를 하면서 왠지 개운치 않은 느낌이 들었다. 도대체 친구들은 왜 자꾸 만나려 드는지, 만나면 웃고 떠들다가 세상의 이런저런 소식들을 말하면서 언성을 높이거나 씁쓰레하거나 조소하다 헤어지는 게 고작인데 말이다. 매번 만나고 나면 어떤 생산성도 느껴지지 않고 주로 옛날이야기에 매몰되는 느낌이 아니었던가. 그 자리를 주선하는 총무의 역할이 자신에게 어울리지 않는다는 생각이 문득 스쳤다. 그리고 어느 무명 시인의 시에서 만났던 말도 떠올랐다. '말을 삼가라/ 아무리 화가 머리끝을 덮쳐도/ 동생은 동생이다/ 형은 형일 수밖에 없다/ 그 입술을 작게 하라/ 관계의 끝을 말하지 말라.' 그렇다면 무엇일까. 사람 사이의 적당한 거리가 필요한 것은 아닐까. 형제 사이에 그렇다면 친구 또한 같은 이치가 적용되지 않을까. 이런저런 생각에 미치자 인수는 이번 모임에서는 총무 자리를 내놓아야 하겠다는 결심을 하게 되었다.

신년회를 사흘 남겨둔 수요일 저녁이었다. 스마트폰 모임 방에 후배 미영이 글을 남겼다. 대학 시절 때 정치학과 교수였던 김동현 교수를 인터넷 소셜미디어 상에서 만나 알게 됐는데 이번에 우리가 신년회 하는 자리에 나오고 싶어 하신다는 거였다. 북소리 사람들은 그 친절했던 김 교수를 만난다는 소식에 환호성에 가까운 댓글을 달고 있었다. 한 친구는 김 교수와의 지난 일화를 길게 늘어놓기도 하였다.

자연스럽게 미영이가 김 교수에게 연락해서 자리를 함께 하기로 결정하던 무렵이었다. 난데없이 강성진이 나타나더니 모임을 하는 식당을 옮기자는 제안을 하고 나섰다. 왜냐면 우리도 이제 중년이 되었고 교수님도 큰일을 하고 계신 분인데 그에 걸맞게 '한정식 진주성'으로 옮기자는 것이었다. 진주성은 큰길 건너에 있는데 우리는 한번도 가본 적 없는 식당이 아닌가. 경상남도 진주에 임진왜란 당시 논개로 유명한 촉석루처럼 팔작지붕을 한 한정식집 진주성은 우리가 학창 시절부터 고위 인사들이 드나드는 고급 식당으로 유명세를 떨치던 곳이었다. 친구들은 문득 조용해지더니 한 친구가 우리 방식대로 그냥 해 뜨는 집에서 모시는 것이 분위기에 맞지 않겠느냐, 비용도 비용이고…라면서 반대 의견을 내었지만 다른

이들은 아무 언급을 하지 않았다. 그러자 강성진이 좀 세게 치고 나왔다. 이제 과거를 말하기보다는 미래를 이야기하는 자리를 만들자, 그것도 우리나라를 움직이는 분 중에 한 분이신 김 교수를 만나는 자리이니 그냥 한정식집으로 하자는 것이었다. 급기야 강성진은 그날 밥값은 자신이 내겠으며 예약도 자신이 알아서 하겠다는 것 아닌가. 강성진이 그렇게 나오자 더는 누구도 반대하지 못했을 뿐만 아니라, 이럴 때 그런 고급 한정식집에 가보는 것도 나쁘지 않다며 모두 동조를 하고 말았다.

강성진이 말하는 김 교수가 하는 큰일이 무엇인지 궁금해진 인수는 김 교수를 인터넷에서 검색해보고 깜짝 놀랐다. 작년에 있었던 국회의원 선거에서 여당의 공천 심사위원이 아닌가. 포털사이트에는 그의 이름이 거명된 신문 기사들이 줄줄이 이어지고 있었다. 게다가 대통령과도 인연이 있는 분으로 무슨 국무위원 후보로도 언급되고 있지 않은가. 성진은 김 교수가 굉장히 부유한 집의 후손이고 아버지가 정계의 거물이라며 학창 시절에 수군거렸던 기억이 났다. 어쩌면 그 소문이 사실일지도 모른다고 생각하면서 인수는 토요일 그 자리에 서둘러 가고 싶은 생각이 들었다.

한정식집 진주성은 텔레비전에서 익히 보았던 고급 식당의 분위기와 딱 일치했다. 서울 한복판이라고 생각하기 어려울 정도로 입구의 곱게 다듬은 정원을 지나 들어선 식당은 고급 호텔과 흡사했다. 단정하게 차려입은 사람들이 깎듯이 안내를 하였고 탁자며 의자까지도 값비싸 보였다. 그런데 초입부터 이상한 일이 벌어졌다. 입구까지 나가서 모시고 들어온 사람은 회장인 남종대와 미영이었는데 김 교수는 들어오자마자 강성진과 아는 체를 하는 것이 아닌가. 그것도 '강변'이라는 호칭을 쓰는 게 아무래도 초면이 아닌 듯했다. 분위기가 그렇게 흐르자 성진이 김 교수를 굳이 자신의 옆자리로 모시는 것을 누구도 막지 않았다. 인사가 끝나고 의례적인 이야기가 무르익을 무렵 누가 시키지도 않는데 성진이 나서서 큰 소리로 말했다.

"교수님! 우리 동아리 북소리의 이야기는 과거가 됐지만 저희들끼리는 작은 실천이라도 하려고 관심을 갖고 있어요. 지난달에는 우리가 운영한 야학이 있었던 산동네에 연탄 배달을 직접 했지요. 아직도 리어카도 들어가지 못하는 산동네 마을이 있더군요. 모두가 바빠서 비록 소수가 참여하긴 했지만 의미 있는 일이었습니다."

순간 인수는 호응의 눈빛을 보았다. 술기운 탓인지 가슴에서 무언가 치밀어 오르는 기운이 있어서인지 모르지만, 얼굴이 붉게 물들면서 눈빛이 파르르 떨리는 것이 느껴졌다. 강성진이 시킨 묵직한 양주가 몇 병 비워지자 강성진은 자신이 회장이라도 되는 듯이 북소리의 과거와 현재를 이야기하면서 김 교수와 계속 대화를 독점해 나갔다. 인수는 눈치를 보아서 회원들에게 자신이 맡은 총무 자리를 내놓겠다며 낮은 소리로 던졌다. 하지만 이런 자리에서 그런 말 하고 싶냐는 핀잔만 먹은 인수는 호응과 눈짓을 나누고 밖으로 나왔다. 호응이 푸, 하고 바람을 거세게 쏟아내며 말했다.

"에이 씨팔! 야, 인수야! 가자! 우리끼리 해 뜨는 집에 가서 한잔 더 하자!"

인수는 거절할 이유가 없었다. 괜스레 들러리를 서는 것 같은 느낌도 싫었고 무슨 말을 해야 좋을지 불편한 자리였다. 인수와 호응은 미영을 불러서 언질을 주고 잽싸게 한정식집을 나왔다. 어차피 우리 두 사람 자리가 빈다고 해봤자 관심을 가질 것 같지 않았다. 저런 자리는 중심이 되는 주체가 있고 그들만을 위한 자리로 계속 이어진다는 것을 세상이라는 파도에 휩쓸리면서 몸으로 깨우친 두 사람이었다.

넓은 차도가 있는 거리로 나서자 저 멀리 희미하게 해 뜨는 집 간판이 보였다. 무슨 네온사인 간판 불빛이 아니라 출입문 유리에 선팅한 글씨인데 안에서 새어 나오는 불빛 덕에 양각

된 글자처럼 검게 비추는 것이었다. 보통 사람이라면 저 멀리 있는 선팅 글자를 볼 수 없었겠지만 오랜 세월 동안 봐온 자신들이 못 알아볼 리가 있겠는가. 그때 성진이 아차 싶었다.

"야, 호웅아! 그런데 해 뜨는 집에 예약 취소 전화 못 드렸다. 어떻게 하지?"

"임마! 어떻게 하긴, 어떻게 해! 걱정 마! 아주머니가 뭐라 하시면 까짓거 내가 다 낼게. 내 친구 인수에게 한턱 쏜다 생각하지 뭐! 어서 가자구!"

길쭉한 횡단보도를 건넌 인수와 호웅은 누가 먼저랄 것 없이 어깨를 걸고 마주 보이는 해 뜨는 집을 향해 걷기 시작했다. 그런데 누가 먼저 노래를 부르기 시작했을까. 두 사람은 합창을 하고 있었다. 사노라면 언젠가는 해가 뜨지 않더냐. 새파랗게 젊다는 게 한밑천인데 쩨쩨하게 굴지 말고 가슴을 쫙 펴라. 내일은 해가 뜬다. 내일은 해가 뜬다.

우정의 거처

이십 년 세월이 흘렀지만 뒷골목은 크게 달라져 보이지 않았다. 확 트인 대로는 더욱 휘황해졌고 옛날에는 없던 말끔한 건물들이 들어서 있었지만 그곳에서 한 블록만 들어가면 나타나는 낡은 건물 속 비좁은 상가들은 여전했다. 어스름이 깔린 시간의 뒷골목답게 무언가 약속에 쫓기는 인파들이 어깨를 부딪치며 지나갔다. 굳이 변한 것을 찾자면 가게 앞 이곳저곳에 불쑥불쑥 경쟁적으로 내놓았던 입간판들이랄까. 가뜩이나 비좁아 몸을 틀면서 걸어야 하는 행인들의 걸음을 자꾸만 방해하던 그 입간판들이 안으로 조금씩 들어간 것이 변화라면 변화였다.

나는 약속 장소인 감자탕집을 찾다가 잠시 멈춰 서서 지나는 사람들을 멀뚱히 바라보았다. 서울은 겨울이 빨리 오는지 시월인데도 두툼한 옷을 걸친 이들이 많았다. 한결같이 분주해 보이는 저 걸음들은 분명히 목적지가 있을 것이고 자신의 생에서 다시 오지 못할 한 지점을 지나고 있을 터였다. 특히 골목길을 힘껏 밟고 있는 이십대 젊은 청춘들에게는 더없이 소중한 기억이 될 것이라는 생각이 들었다. 내가 저들만큼 젊었던 시절에 이 골목길을 얼마나 많이 떠돌았던가. 시대의 모순을 질타하면서 세상의 짐을 다 짊어진 양 가슴 아파하기도 했고 신기루처럼 사라진 사랑을 그리워하며 애석해했던 골목길이 아니던가. 내 정신이 이만큼이라도 성장하고, 개인적 실존의 문제에 무대책이었던 내가 세상 속으로 진입하는 데 힘이 되어준 골목길이다. 휴대전화도 없던 시절에서 스마트한 시대로 달라졌지만, 뒷골목이 변하지 않은 것이 내심 위로가 되었다. 나는 서둘러 친구들과 약속한 식당으로 들어섰다.

"어이, 문사! 여기야, 어서 와라!"

문사는 문장력이 있다며 대학 시절에 친구들이 내게 붙여준 별명이었다. 동대문에서 옷 장사를 한다는 설주가 먼저 와서 자리를 잡고 있었다.

"야, 장설주! 정말 오랜만이다. 아마 너 결혼식 때 보고 처음이지? 잘 살지?"

"그럼, 임마! 복이 넘치게 살지. 애두 셋이나 둔 부자 됐어. 문사 너는 진짜로 선생님 같구나. 얼굴에 선생이라고 써 있어. 근데 내 정신 좀 봐라. 야! 우선 한잔 받아라. 나는 한 삼십 분 일찍 왔다. 네놈들 보고 싶어서 말이야."

"그런데 다른 친구들은?"

"어, 덕배 곧 온다고 전화 왔었어. 진수하고 인호 못 오는 것은 알지? 그런데 상진이는 어떻게 됐니?"

"설주야! 상진이 이상하더라. 어제까지도 온다고 했던 녀석이 오늘 아침에 문자가 왔어. 경상도 처가에 급히 가볼 일이 생겼대. 우리가 대학 졸업한 지 이십 년도 넘었지? 그동안 참으로 우리 무심하게 살았다. 이번에는 우리 한자리에서 볼 수 있으려나 했는데 아쉽네."

학과도 제각각이고 같은 동아리도 아닌 우리들이 뭉친 것은 순전히 우연이었다. 지금은 동사무소 공무원으로 살아가는 상진이와는 진작부터 친한 사이여서 그날도 학교 앞 선술집에 일찍 자리를 잡았다. 80년대 후반의 대학가가 보통 그랬듯이 강의실보다는 선술집을 좋아했고, 그곳에서 철학을 탐하고 세상을 품평하곤 했다. 당시는 정치적 민주화운동 못지않게 학원 민주화의 바람이 불고 있었다. 그 바람을 타고 우리가 다니는 사립대학에도 등록금 인하 투쟁이 한창 불붙던 때였다. 술이 거나하게 오른 상진이와 나는 학생회를 중심으로 전개되는 등록금 인하 투쟁을 두고, 학생회가 힘이 없다는 둥 조직적이지 못하다는 둥 하면서 자못 진지하게 이야기를 나누고 있었다. 그때 옆 테이블에서 비슷하게 취해가던 무리 중 누군가를 상진이 불렀다. 자신과 고교 동창이라면서 소개를 시켜준 것인데 녀석이 바로 지금은 오백 명 규모 중견 기업의 최고 경영자로 잘나간다는 진수였다. 어깨가 쩍 벌어지고 몸집이 좋은 데다 키도 커서 마치 운동선수 같은 녀석이었다. 진수도 옆 테이블에서 마침 학원 민주화와 관련된 이야기를 나누던 중이었던지 뜨거운 열기가 물씬 풍기는 말을 내뱉기 시작했다.

"아, 내가 사학년이어서 취업 준비 때문에 바쁘긴 하지만 후배들을 생각하면 이번 등록금 투쟁은 꼭 성사시켰으면 좋겠어. 뭔가 후배들에게 보탬이 됐으면 좋겠다고! 강원도 산골에서 밤농사 지어서 등록금 대주신 우리 부모님을 생각하면 가슴이 짠하다. 이제 우리는 한 학기만 잘 버티면 되겠지만 후배들, 아니 새로 신입생이 될 저 밑의 후배들에게는 그 짐이 훨씬 커지지 않겠니?"

진수는 덩치뿐만 아니라 목소리까지 어찌나 큰지 바로 무슨 일이라도 낼 성싶었다. 그 걸걸한 목소리로 옆자리를 향해 무어라고 말을 거는가 싶더니 금방 십여 명이 한 테이블이 되고 말았다. 알고 보니 진수가 다니는 타임지 동아리 친구들과 그 옆방에 있는 일본어 회화반 동급생들끼리 모인 자리였다. 우리는 같은 학번이라는 이유로 금방 친구가 되고 의기투합하게 되었다. 등록금 투쟁에 대해 막걸리 냄새를 풍기며 옥신각신하던 사이에 누군가가 목소리를 높였다.

"야! 우리 이렇게 술집에서 떠들지만 말고 실천을 하자. 우리야 곧 졸업하는 마당이긴 하지만 뭔가 하나쯤 후배들을 위해서 해놓고 나가는 것도 좋지 않겠니? 취업 준비 핑계로 도서관에만 있지 말고 실천할 방법 한번 찾아보자. 역사는 몸으로 힘써 실천하는 자의 것이 아니겠니? 우리도 역사 속으로 들어가 보자. 의미 있는 일 좀 해보자고. 이건 우리의 이익을 위한 것이 아니라 후배들과 이 시대 민중을 위한 일 아니겠어? 나 술김에 하는 말 아니다."

그러자 누가 먼저랄 것 없이 우리는 건배를 외치면서 자리를 정리하였다. 선술집에서 이럴 것이 아니라, 진수가 속해 있는 타임지 동아리방으로 가서 진지하게 논의하기로 한 것이다. 일찍 시작한 알코올에 얼떨떨해져 있었지만, 그 시절은 참으로 젊었던 것 같다. 마치 시대의 투사라도 된 듯 어깨동무를 하고 고함을 치면서 한참을 걸어 학생회관으로 올라가자 머리가 맑아지는 것 아닌가. 그런데 동아리방에 자리를 잡고 둘러보니 겨우 여섯 아닌가. 좀 전에 의기투합했던 녀석들은 열 명이 넘었는데 목소리만 높였지 따라오지 않은 것이다. 우리는 좀 마음이 씁쓸했지만 곧 용기를 냈다.

"야, 원래 얍상한 놈들이 있는 법이야. 안 따라온 녀석들은 신경 쓰지 말고 우리끼리 대책을 논의해보자. 일제 때 독립운동도 여럿이서 시작한 줄 아니? 동학농민운동도 그렇고 다 시작은 열악한 거야!"

진수의 걸걸한 발언을 듣던 장설주가 나섰다.

"야, 이렇게 한번 해보자. 우리끼리 우선 총장실을 점거하자. 우리 여섯이면 시작으로는 충분하지 않겠니? 우린 군대도 갔다 온 예비역이고 힘이라면 부족할 게 없지 않니? 장도리 하나씩 들고 새벽에 쳐들어가서 총장실에 바리케이드 치는 거야!"

그때, 지금은 대기업 부장으로 있는 인호가 나섰다.

"설주야! 너는 우리가 무슨 임금 호위 무사나 임꺽정 정도 되는 줄 아니? 공수부대 갔다 온 게 뭐 대수라고 힘부터 쓸려고 그래? 머리를 좀 써보자. 대통령도 국민 직선으로 하는 민주화 시대잖아. 무식하게 힘만 갖고 덤비지 말고 공개 토론을 제안하는 방법은 어떨까?"

끝날 것 같지 않던 토의를 마감시킨 것은 상진이였다. 항상 조용하면서 있는 듯 없는 듯하지만 친구들이 경청하게 만드는 녀석이었다. 전에 없던 진지한 표정으로 목소리를 낮게 깔고 한마디 했다.

"우리 여섯이 무슨 학생 대표도 아니고 어떤 특정한 학과 대표도 아니잖아. 우리가 힘으로 할 수 있는 게 뭐가 있겠어. 우리들 사학년 일동 이름으로 대자보라도 한 장 쓰는 게 어때?"

대자보의 내용과 쓰는 방법을 두고 또 한창 옥신각신하던 우리들은 각자 이 자리에서 대자보 내용을 노트에 쓰고, 그 내용을 함께 취합하기로 하였다. 그래서 우리들은 각자 종이 한 장과 볼펜 한 자루씩 들고 아직 남아 있는 취기를 억누르며 이곳저곳에 기대앉아 글을 쓰기 시작했다. 시간은 벌써 자정을 넘어서고 있었고 몇 녀석은 졸다 깨다를 반복했다. 또 누군가는 어디서 글귀를 컨닝이라도 하려는지 연신 책자를 뒤적이고 있었다. 급기야 몇 녀석은 못 쓰겠다면서 일찍이 포기 선언을 했고, 마지막까지 문장을 이어간 것은 인호와 나뿐이었다. 애초에 의도했던 내용의 취합은 불가능했다. 인호의 글은 왠지 논리와 힘이 빈약하다며 탈락하고 홀로 남은 내 글이 만장일치로 선정된 것이다. 우리는 전지를 펼치고 그 위에 검정, 빨강 매직으로 글을 옮겼다. 시간은 흘러 벌써 새벽 두 시를 넘어서고 있었다. 우리들은 새벽녘에 교정 곳곳을 다니 면서 벽면에 대자보를 붙였다.

학우여! 우리의 권리는 우리 힘으로 찾자!
—전면적 등록금 투쟁에 가열찬 연대를 촉구하며

언제부턴가 연례행사처럼 계속되는 등록금 인상은 이 시대가 과연 어디로 가는지 의문을 갖게 한다. 우리 사회의 최고 동량을 배출하는 상아탑이 자본의 그늘에 젖어 신성 한 학문의 전당으로서의 위상을 저버리고 있다. 기나긴 일 본제국주의의 사슬에서 해방되고 나라의 기틀이 바로 세 워지지 못했을 때, 나라를 걱정하면서 시작된 우리 사학의 높은 기상이 어디로 갔단 말인가. 작금의 현실을 볼 때 우 리 대학은 시정잡배들이 이윤을 추구하는 시장판이 돼버 린 듯하다. 이는 설립자의 취지도 아닐뿐더러, 우리 대한민 국 공동체가 대학에 요구하는 것은 더더욱 아닐 것이다. 그 렇지 않아도 공산권이 개혁, 개방을 외치면서 자본주의의 일방 독주가 예견되는 시대에 신성해야 할 대학 공간마저 자본에 유린당해서야 되겠는가. 당장 상아탑으로서 본연의 모습으로 돌아가야 한다. 바로 잡아야 한다.

지금처럼 계속해서 등록금이 인상될 경우 대학마저 빈익빈부익부의 추악한 시장 바닥이 되어 우리네 소시민을 부모로 둔 자식들은 대학이 더욱더 오르지 못할 산으로 전락할 것이다. 이 나라가 누구의 나라인가. 멀리 갈 것 없이 87년 민주화 대투쟁만 보아도 우리 학우들과 이름 없는 소시민들이 힘 모아 이루지 않았던가. 그런데 등록금이 계속 오르면 과연 대학을 다닐 수 있는 사람은 누가 될 것인가. 허리띠를 졸라매서 어렵게 대학 등록금을 준비해주시는 부모님을 생각하면 눈물이 앞을 가린다. 부모님께 또 인상된 등록금 영수증을 갖다 드릴 수는 없다. 지금보다 더한 부담을 부모님께 드릴 수는 없다. 지금 현재의 등록금도 우리 소시민들에게는 허리가 휘거늘, 등록금이 앞으로 계속 인상된다면 내 아우들은 또 어쩌란 말인가.

가자! 등록금 투쟁의 연대 속으로! 나가자! 전면적 등록금 인하 투쟁으로! 프랑스의 68혁명을 보지 않았던가. 대학 학비를 획기적으로 낮출 수 있었던 것은 그 누가 대신해주지 않았다. 학생 자신들이 뭉쳐 일어났기 때문에 가능했다. 우리 문제는 그 누구도 대신 해결해주지 않는다. 학우여! 우리 권리는 우리 힘으로 찾아 나서자! 총학생회가 힘이 없고 조직적이지 못하니 우리 일반 학우들이 직접 나서자! 기다릴 것 없다. 각 학과 학생회, 개별 동아리끼리 의견을 내고 힘을 모아 등록금 인상 반대 투쟁에 가열차게 나서자!

—4학년 학우 일동

처음에 호기롭던 설주는 이야기가 좀 깊어지자 요즘 동대문 옷 장사가 예전 같지 못하다며 눈빛을 흐리고는 했다. 하지만 나이 오십이 다 된 지금에 쉽게 직업을 바꿀 수도 없다며 곤혹스러워했다. 설주와 내가 사는 이야기를 한동안 주고받는 사이에 늙수그레해진 송덕배가 불쑥 들어왔다.

"덕배야, 어서 와라! 이 녀석 몰라보게 변했네. 중늙은이 됐구만! 노래방 사장님 하면서 돈 욕심 너무 많이 내는 거 아냐! 이제 직원들한테 시키고 살살 일해!"

"야, 문사! 선생 맞구만! 만나자마자 가르치고 계시고. 이야, 어쨌든 반갑다. 그러고 보니 꼭 나올 사람만 나온 것 같구나. 그런데 넌 상진이 어떻게 만났어? 나는 같은 서울 하늘 아래 살면서도 상진이 얼굴 본 지가 언젠지 모르겠다. 상진이 없으니까 한약에 감초 빠진 것 같이 허전하다."

사실 내가 상진이를 만난 것은 두어 달 전이다. 조카가 결혼식을 하는 군포의 한 예식장, 그 많은 인파 속에서도 상진은 눈에 확 들어왔다. 대학 시절 워낙 친한 사이였고 희로애락을 함께 많이도 나누었는데 이십여 년 만에 처음 본 것이었다. 그 오랜 세월이 흘렀지만 녀석의 짧은 옆머리를 치켜올린 헤어스타일만큼은 변함이 없었다. 나는 한걸음에 뛰어갔고 우리는 한참 동안 반가운 손을 놓지 못했다. 알고 보니 그날의 신부는 상진의 사촌누이 딸이었다. 우리는 금방 사돈이 되었고 한참 동안 학창 시절을 회상하며 감회에 젖어 있었다. 아마도 오랜만에 만난 형제끼리 기념사진을 찍는다며 아내가 눈치를 주지 않았다면 우리는 샛길로 빠져서 우정의 술 한잔 더 나누었을 것임에 틀림없다.

그날도 상진은 6인방 이야기를 했다. 대자보 사건이 있었던 그날 이후 우리는 거의 매일이다시피 할 정도로 도서관과 술집에서 뭉쳤다. 아마도 내 대학 사학년 생활의 교우 관계 절반은 그 6인방이 함께했지 싶다. 비록 그날의 대자보는 학생회를 비판하는 익명의 대자보라는 이유로 아침 일찍 학생회의 누군가에 의해 찢겼고, 우리는 졸지에 쉬쉬하는 분위기를 연출했었다. 하지만 우리의 막걸리집에서의 의기투합과 새벽녘까지 함께 보내며 토의하고 공모했던 그 기억은 우리들만의 소중한 추억이 되고 끈끈한 정감의 원천이 돼주었다.

상진은 어찌 된 일인지 친구들의 근황과 연락처를 모두 알고 있었다. 비록 만난 지는 오래 되었지만 전화는 가끔씩 나눈다는 것이다. 나도 친구들이 보고 싶기는 마찬가지 아니겠는가. 만나서 우리의 우정과 인생을 이야기하며 모처럼 포근한 시간을 갖고 싶었다. 상진은 그 자리에서 중견 기업의 대표이사로 있는 진수에게 전화를 걸었고 날짜를 잡아버렸다. 나는 딱히 두 달 후에 있을 그날에 계획된 것이 있는 것도 아니고 해서 자연스럽게 약속 날이 된 것이다.

그런데 이상한 것은 처음에는 후다닥 잡힌 약속이어서인지 반갑기는 해도 덤덤했는데, 약속 날이 얼마 남지 않자 친구들이 무척 보고 싶어지는 것 아닌가. 이십 년이 넘도록 중학교에서 교편을 잡는 동안 직장과 집을 쳇바퀴처럼 돌면서 살았을 뿐 이렇다 하게 내세울 만한 무엇도 없는 나 자신의 처지가 문득 서글퍼지는 것 아닌가. 그동안 알뜰한 아내를 만나서 아끼고 절제하면서 돈을 모아 비록 지방의 허름한 아파트지만 내 집을 장만했고, 속 썩이는 일 없이 우등생의 길을 가는 고등학생 남매를 키워온 내 생애가 허전해지는 것 아닌가. 참으로 화살처럼 세월이 흘러갔다는 감회가 가슴을 스쳤다. 나는 친구들을 만나기로 한 일주일 전 즈음부터는 아예 달뜬 몸이 되어버렸다. 동사무소에 근무하는 연락책 상진이에게 두세 차례는 전화를 했던 것 같다. 그러더니 전날 밤에는 잠까지 설치며 날이 새기를 기다렸다. 그리고 약속 장소인 종로에 도착한 것은 약속 시간보다 두어 시간 전이었다. 일찍 종로에 도착해서는 참으로 오랜만에 광화문에서 시작해 종로 길을 하염없이 걸었다. 뜨거운 내 젊음이 숨 쉬었던 그 길을 걸으면서 상념에 빠졌다. 옛날에 친구들과 다녔던 극장도 기웃댔고 내겐 신나는 놀이터였던 대형 서점에 들어가 몇 바퀴를 돌았는지 모른다.

직장을 따라 내려간 낯선 지역에서 처음엔 도무지 정이 붙지 않아 애를 먹었다. 하지만 또박또박 나오는 월급은 무슨 마취약이라도 되는지 어떤 다른 뜻도 품지 못하게 하였다. 가뜩이나 말 안 듣고 제멋대로인 중학생들을 가르치는 일은 생각보다 쉽게 사람을 지치게 하였다. 시대가 변해서 학생들을 함부로 체벌할 수도 없으니 유순하게 학생들을 대해야 하는데, 내가 어디 성인군자도 아니고 쉬운 일이던가. 결국 퇴근 길에 울화와 스트레스만 가슴에 가득 안고 휘청휘청 걷기 일쑤였다. 그때마다 교직을 그만두고 싶은 생각이 불쑥불쑥 솟구치곤 하였지만, 이 길을 나가서 딱히 무엇을 하면서 생계를 유지한단 말인가. 더구나 그곳에서 간호 공무원 생활을 하는 아내를 만나고 금방 애 둘의 아빠가 되자, 교직을 떠난다는 것은 엄두도 나지 않았다. 꾹 참고 소리 없이 지내다 보니 그새 세월이 달아나버린 것이다. 가끔씩 동료 교사들과 저녁을 겸해서 소주 한잔하는 것 외에는 동네 사람들과의 이렇다 할 교류도 없다 보니 특별히 정을 주고 우정을 나눌 벗이 생길 일도 만무한 세월이었다. 한때는 새로운 세기를 이끌어갈 지구인의 세계관을 논하고, 이 나라의 정의가 바로 서고 민주 국가를 만들어야 한다면서 위정자들을 성토하곤 했지만, 모두 가뭇없이 떠나가버린 것 아닌가. 무심한 세월은 그때의 열정을 한 줌 남김없이 삼켜버린 듯하였다.

　잠시 생각에 잠긴 나를 깨운 것은 설주와 덕배의 사장 타령이었다. 그러고 보니 설주와 덕배는 자기 사업체를 갖고 있는 자영업자였다. 하지만 동대문에 다섯 평짜리 가게에서 옷 장사를, 그것도 소위 땡처리한 옷을 내다 판매하는 설주 자신에 비해 덕배는 훨씬 커 보이는가 보다.

　"야, 송 사장! 그 노래방이 몇 평이라고? 신촌에서 80평짜리 노래방이면 재벌 아니니? 너야말로 진짜 사장이 됐구나! 그래, 그 정도 되면 한 달에 얼마나 벌어? 부럽다! 요즘 경기 안 좋아서 난리인데, 아마 노래방은 경기도 잘 안 탈 거야?"

"그런 말 마라. 노래방이란 것이 초저녁부터 늦은 새벽까지 술꾼 비위 맞추는 일이야. 이미지 손상될까 봐 함부로 경찰을 부르지도 못하지, 나중에 돈 없다고 떼쓰는 손님은 또 얼마나 많은데. 나는 네가 훨씬 부럽다. 장 사장! 옷 장사는 그래도 노래방에 비해 참 깔끔한 일이잖아."

"사장, 사장, 하지 말아라. 요즘은 식당만 가도 다 사장, 사장, 하는데 그 자영업자 중에 절반은 일 년도 못 버티고 문을 닫는다잖아. 그래도 사장은 어느 정도 규모가 있어야지. 덕배 너처럼 직원들에게 맡기고 이렇게 나다닐 정도는 돼야 하지 않겠어? 규모가 어지간해야 사장 소리 들어도 민망하지 않지."

가만히 듣고 있던 내가, 그래도 너희들은 윗사람 눈치 안 보고 살아서 좋겠다며 한마디 끼어들었다가 두 녀석에게 집중포화를 맞고 말았다. 월급 꼬박꼬박 나오고 때 되면 인상되지, 퇴근 시간 일정하지, 신사적인 일이지, 하면서 쥐어박는 데는 할 말이 마땅치 않았다. 하지만 차림으로 보나 안색으로 보나 도토리 키재기일 듯한데다, 나이 오십 줄이 코앞인 우리들 사이에 나누는 대화치고는 유치하다는 생각이 들었다. 청운의 꿈으로 가득했던 이십 대가 저물어 돌이킬 수 없다는 사실을 확인하는 과정인 것만 같았다. 오랜만에 만나 나이 들어서 나누는 대화치고는 좀 그렇다 싶었는지 잠시 침묵이 흐르는가 싶었는데 덕배가 나섰다.

"야, 그래도 사장은 진수가 진짜 사장이더라. 내가 진수와 같은 학과잖아. 삼 년 전인가, 과 모임에 나갔더니 친구들이 온통 진수만 바라보던데. 법인 대표이사래. 호탕하고 리더십 좋더니 제일 성공했지 뭐. 그날도 운전기사 대동하고 모임 장소에 나왔더라고. 월급쟁이들이 가장 선호하는 소위 씨이오인 거야. 그날 밥값도 모두 진수가 카드로 긁었어. 그리고 나 오늘 진수가 안 나올 줄 예상했어. 중요한 일이 있다는 것은 다 핑계고, 걔가 보기에 이 자리가 영양가가 없는 것이겠지. 해외 출장도 자주 다니는데 비즈니스석만 이용하지, 내로라하는 굵직한 사람들만 만나고 다니는 애가 이런 자리 나오기는 힘들 거야. 옛 추억을 더듬을 만큼 한가하지 않을 거라고."

옳거니 싶었던지 설주는 턱을 손에 괴면서 맞장구를 쳤다.

"듣고 보니 그러네. 진수 밑에 직원이 오백 명이래. 사무실도 저 청담동에 8층짜리 독립 건물을 사용한대. 그 녀석 참 성공했지. 지리산 산골 마을에서 인물 났어. 학교 다닐 때는 알바 한다면서 어지간히 열심히 살더니 말이야. 그런데 인호는 왜 안 나왔지? 덕배 너 혹시 알고 있니?"

"어, 뭐 진수와 비슷한 이유 아닐까? 깜빡하고 다른 약속을 잡았다던데, 설득력은 없어. 솔직히 대기업 이사면 진수보다도 낫다고 볼 수 있잖아. 우리하고는 다르지. 아마 진수하고 인호는 서로 사업 일로 종종 만나 골프도 하고 그러는가 보더라. 진수네 회삿일이 사실상 대기업 이곳저곳에서 일감을 가져와야 하잖아. 인호가 많이 도와주는 것 같기도 하고. 나는 처음부터 별다른 기대하지 않았어."

덕배의 설명인지 주장인지 모르는 말을 듣다 보니 문득 내가 그나마 가끔씩이라도 만나는 사람들이 생각났다. 별다른 취미 생활도 없는 내가 사람을 만난다 해봐야 고작 동업자인 교사들인데, 그것도 대부분 같은 학교에 있는 교사들이다. 아니, 다른 학교에 있는 교사들을 만나기도 한다. 내가 초임 발령을 받았던 학교에서 만난 선배들로 구성된 모임인데, 지금은 계모임이 되었다. 퇴직한 선배도 있고, 이젠 교장이나 교감이 되어 관리자의 위치에 오른 선배들도 있다. 나는 그곳에 가면 만년 막내인데, 왠지 마음이 편하고 그들에게 의지하게 된다. 그렇게 보면 나도 속물인가 보다. 진수나 인호를 들먹일 것 없이 나도 은근히 타산적으로 살아왔는지 모른다. 내게 이익이 되는 만남만을 유지하면서 그들과의 만남을 우정이라고 부르는 가당찮은 모습을 갖고 있는지도 모른다. 나는 왠지 모르게 밀려오는 쓸쓸한 감회를 어쩔 수 없어 애꿎은 술잔만 연거푸 비웠다.

제법 취기가 오른 우리들은 어느새 학창 시절로 돌아가 대자보 사건을 다시 한번 윤색하고 낄낄거리는가 하면, 그때 그렇게 정치인들을 향해 삿대질했듯이, 변함없이 부패하고 위선으로 채워진 위정자들을 가차 없이 질타했다. 이성이 멈췄던 유럽의 중세 시대가 천 삼백 년을 유지했듯이 인간의 역사는 그렇게 쉽게 변화하고 발전하지 않는다는 생각도 들었다. 우리들의 시대 또한, 아니 우리 여섯 명의 우정 또한 그렇게 변하지 않았으면 좋았을 것을, 하고 생각하니 문득 상진이가 보고 싶어졌다. 오늘의 이 자리를 만든 것은 사실상 상진이 아니던가. 나는 스마트폰을 열어 상진에게 전화를 걸었다. 신호음이 한참 동안 울렸으나 받을 수 없다는 메시지가 돌아왔다. 잠시 후 재차 걸었으나 마찬가지였다. 착하고 꼼꼼한 녀석인데 무언가 급한 일이 생기긴 생겼나 보다. 경상도 처갓집까지 잘 들어갔는지, 무슨 급한 일인지 안부를 물으며 목소리라도 듣고 싶은데 연락 두절이었다. 내가 상진이에게 전화하는 것을 눈치챈 덕배가 내 전화기를 살짝 가져다 탁자 위에 내려놓으며 손을 내저었다.

"상진이한테 전화하지 마라! 아마 진수나 인호가 나왔으면 녀석도 이 자리에 같이 있을걸. 너나 나나 설주나 뭐 특별히 별 볼 일 없잖니. 상진이도 이제 조직 속의 인간이야. 앉을 자리와 누울 자리를 볼 줄 안다고!"

정말 그럴까. 나는 헷갈렸다. 덕배가 술이 과한 것은 아닐까. 우리의 우정이 그토록 얇았단 말인가. 아니, 우정이 실제로 존재하기는 존재했던 것일까. 헝클어진 생각들이 빠르게 흘러갔다.

그때 덕배가 내 상념을 흔들어 깨웠다. 신촌에 있는 자신의 노래방에 가자며 서두르는 것이다. 우리는 어깨동무를 하고 휘청이며 종로 큰길에 나왔다. 귀가를 준비하는 사람들이 보도블록 이곳저곳에서 움츠린 채 서성였다. 서울 도심의 밤거리에 차가운 바람이 몰려와 있었다. 서울 사람들은 미리 준비한 두툼한 옷을 하나씩 걸치고 있었다. 아침에 아내가 서울은 추울지 모른다며 등산 점퍼라도 하나 가져가라 했던 말이 생각났다. 택시는 금방 신촌에 닿았다. 그런데 신촌의 번화가라고 부르기엔 좀 한적하다 싶은 골목길이었다. 도심의 시각으로는 그리 늦지 않았는데 드문드문 간판 불이 보이는 골목이었다. 차량도 비교적 한산한 편이고 지나는 행인도 드문드문 보일 뿐이었다. 덕배를 따라 지하 노래방으로 들어가는 계단은 퀴퀴하고 눅눅한 내음이 후각을 자극했다. 깔끔한 인테리어와 환한 로비를 기대했는데 그렇지 않았다. 반듯하게 인사하는 젊은 알바생들도 보이지 않았다. 계산대는 비어 있었고 샌드위치 패널로 칸막이를 한 벽면에는 광고지를 붙였다 뗀 자국이 실밥 풀린 옷감처럼 드러나 있었다. 그때, 어딘가 청소를 마치고 나오는지 빗자루와 쓰레받기를 든 늙은 여인이 꽥, 하고 소리를 질렀다.

"어휴, 또 헬렐레하게 마셨구먼. 열 시까지는 들어와야 할 거 아냐! 제일 바쁜 시간에 나 혼자 두지 않는다고 다짐한 지가 언제인데 이제 와! 당신 말 믿다가 내가 생으로 늙어."

설주가 내게 눈짓을 하는데, 나는 제수씨에게 인사를 해야 할지 말아야 할지 자꾸만 망설여졌다.

주연배우

겨우내 움츠렸던 몸을 풀어헤치는 것은 초목만이 아니다. 아니, 초목보다 먼저 땅이 그 해동의 숨결을 느낀다. 움켜쥐었던 물방울들을 서서히 때로는 빠르게 초목의 심근 속으로 밀어 넣는다. 그때 비로소 풀 한 포기는 역동성을 발휘하기 시작한다. 죽은 듯 굳어 있던 겨울나무는 새 옷을 갈아입기 시작한다. 그러나 그 해동의 시작은 봄이 아니었다. 대지만이 갖고 있는 움켜쥐고 풀어주는 시점은 깊은 겨울 어디쯤일 터이고 땅만이 알고 있을 터이다. 봄은 이미 저 깊은 겨울 어딘가에서 시작된 것이다. 그것을 알 수 없는 인간이 봄이라 칭하며 아는 체할 뿐이다.

　이른 봄 아지랑이 피어오르는 초등학교 주차장에 독일산

중형차 한 대가 미끄러지듯 들어왔다. 자신의 국산 차 대신 남편의 회사 차를 몰고 온 지란은 차에서 내려 주위를 둘러보았다. 누군가 아는 이를 만났으면 좋겠는데 처음 보는 자모 몇 사람이 무심코 돌아볼 뿐이었다. 주차장이 아직 듬성듬성 비어 있는 것이 여유 있게 교실을 향해도 될 듯싶었다. 지란은 하릴없이 자기 차를 한 바퀴 돌고는 차문을 열었다 닫았다 하면서 무엇을 찾는 사람처럼 서성이다 교실을 향했다.

학교 화단에 만발한 개나리꽃에 눈길을 주면서 모퉁이를 돌 때였다. 막 하교를 서두르는 한 무리의 조무래기들이 보이는가 싶었는데 한 녀석이 쏜살같이 달려와 덜렁거리는 가방으로 허리춤을 부딪치고 지나치는 게 아닌가. 지란은 새로 구입해 입은 스커트가 괜찮은지 얼른 살펴보고는 한마디 하려다가 꾹 참았다. 이제 갓 초등학생이 되었음 직한 꼬마 녀석이니 어쩌겠는가 하면서 웃음을 던져주는 여유도 부렸다. 어쩌면 잎사귀 하나 없이 샛노란 색으로 뒤덮인 조그만 개나리 꽃송이들처럼 귀여운 때가 아닌가. 더구나 오늘은 새 학년이 되어서 자모회를 새로 구성하는 중요한 날이 아니던가. 가능한 너그럽고 품위 있는 모습을 보여야 한다.

오늘 오전 시간은 어떻게 흘러갔는지 모르게 훌쩍 달아나 버렸다. 요즘 교양과 사교 차원에서 열심히 다니고 있는 문화

센터의 자수반 강좌도 출석을 못 했다. 평상시 같으면 중학생이 된 아들과 5학년이 된 딸애를 등교시킨 후 드라마 한 편을 보고 부지런히 움직였겠지만 오늘은 마음이 싱숭생숭하고 몸은 허공을 배회하는 풍선마냥 마음대로 움직여주지 않았다. 자모회에 나가서 가능한 품위 있고 교양 있는 언변을 보여 주어야 한다고 생각하니 가슴이 두근거리고 온갖 잡념이 꼬리를 물었기 때문이다.

지란은 텔레비전 토크 프로그램에 나와서 다소곳이 앉아 눈을 똘똘하게 치뜨고 야무지게 말하던 아나운서를 흉내 내 보았으나 도대체가 어색하기만 했다. 저들은 어떻게 해서 폼나는 단어를 잘 구사하는지 자신과는 다른 세상을 산다는 생각이 스치기도 했다. 학교 다닐 때 공부 좀 하고 책 좀 읽을 걸 그랬다는 생각도 들었지만 다 지난 일 아닌가. 사실 세상 사람들은 똘똘한 사람보다도 돈 있는 사람을 더 좋아라 하지 않던가. 남편이 도의원을 하고 있는 정은이 엄마만 보아도 알 수 있는 일이다. 지란의 여고 동창인 정은이 엄마는 여고 시절 지란보다 열 배는 더 놀았지만 남편 잘 만나 저렇게 다르게 살고 있으니 말이다. 생각이 그쯤에 이르자 이젠 온화하면서도 부티 나게 보이려면 옷을 어떻게 입어야 할까 궁리를 하다 보니 점심때가 훌쩍 지나가버린 것이다.

고르고 골라서 차려입은 지란이 사뿐사뿐 화단을 지나 현관에서 학교 실내화를 신으려고 허리를 굽힐 때였다. 스커트 오른쪽 무릎 부분의 스타킹 올이 죽 나가버린 것이 아닌가. 아차! 아까 그 꼬마 녀석이 가방으로 부딪칠 때 가방의 쇠로 된 지퍼 부분이 스타킹을 스친 게 분명했다. 지란은 얼른 뒤돌아 나와서 교문 쪽을 내다보았으나 이제 와서 어쩌겠는가. 여전히 고만고만한 조무래기들이 몰려나가고 있을 뿐, 누가 누군지 도무지 알아볼 수 없었고 운동장에는 봄날의 햇살이 고요히 쏟아질 뿐이었다.

불끈 부아가 치밀어 오르고 다급해진 지란은 뛰듯이 학교 앞 편의점에 들러서 스타킹을 새로 사 신고 자모회가 진행되는 5학년 6반 교실을 향했다. 좀 여유 있게 등장하고자 다짐했던 지란은 마음이 급해지다 보니 표정까지 생각할 겨를이 없었다. 먼저 와서 자리를 잡았던 수미 엄마가 무슨 일 있었냐는 듯이 건너편에서 입속말을 했지만 알아들을 수 없었다. 그저 무표정한 얼굴로 고개를 들어 눈짓을 주었다. 더구나 자모들이 대부분 자리를 잡다 보니 자신은 맨 뒷자리에 앉아야 했지 뭔가. 좀 일찍 와서 좋은 자리를 잡아 담임과 다른 자모들에게 얼굴을 알려야 했는데 말이다.

담임의 몇 가지 전달 사항이 끝나고 자모회 구성을 협의하는 시간이 되었다. 담임이 자모회 회장과 총무를 뽑아야 한다며 말문을 열었으나 누구 하나 입도 벙긋하지 않았다. 으레 그랬듯이 서로 눈치만 보는 것이 역력했다. 이런 자리라면 항상 그래 왔듯이 자진해서 나서는 사람을 만나기는 어려운 것이 아닌가. 이쯤 되면 지란이 나서야 이야기가 진행되고 자모회를 일사천리로 구성하곤 했었다.

입술에 힘을 준 지란이 표정을 부드럽게 만들면서 말을 꺼내려고 준비했다. 뒤에 앉은 지란이 슬그머니 손을 올리며 엉덩이를 들썩이려던 순간이었다. 앞자리에 앉은 보라색 재킷을 입은 엄마가 나섰다.

"언니가 하지 그래. 이제는 직장도 안 나가니까 시간도 가능하잖아."

보라색 재킷이 자신의 맞은편에 생머리를 늘어뜨리고 있는 엄마를 가리키는 것이 아닌가. 그러자 옆자리에 앉은 짧은 머리를 한 엄마도 맞장구를 쳤다.

"그래, 학교 다닐 때 반장도 오래 하고 공부도 많이 한 사람이 하면 좋잖아! 언니가 하면 좋겠다."

저들은 아마도 서로 잘 아는 사이임에 틀림없었다. 사실상 대부분 처음 만난 자리일 터인데 모르는 누군가를 추천하고 대표로 뽑는다는 것이 어떻게 가능하단 말인가. 그래서 자모회장 선출이라는 것이 몇몇 알고 지내는 사람 사이에서 마무리되곤 한다는 것을 지란은 누구 못지않게 잘 알고 있었다. 어쩌면 저들 사이에 사전에 주고받은 이야기가 있는지도 모를 일이었다. 지란의 머릿속에 불길한 상상이 스친다 싶었는데, 추천받은 당사자의 모호한 태도를 보자 그 불길한 상상은 확신 쪽으로 방향을 틀게 되었다. 추천받은 생머리는 빙긋이 웃으며, 내가 뭘, 하면서 말끝을 흐리는 것이 서로 사전에 교감이 있어 보였다. 당사자가 하지 않겠다고 강력하게 표현하는 것도 아니고, 하겠다고 나서는 것도 아니다 보니 담임 선생은 그럼, 그렇게 할까요 하면서 결론으로 몰고 가는 것이 아닌가.

다급해진 지란은 벌떡 자리에서 일어났다.

"자모회장은 어려운 자리이지만 제가 자모회장을 해보았으니 제가 할게요."

약간 상기된 표정의 지란은 말끝을 살짝 떨었다. 순간 모든 사람의 시선이 지란을 향했고 한쪽에서 수군거리는 소리가 들렸다. 지란은 한 번 더 나서서 못을 박았다. "의견이 다양할 수밖에 없는 자모회를 끌고 갈려면 통솔력이 있어야 하고 시간도 많이 희생해야 하지만 우리 오학년 육반 어린 자녀들을 위해서 제가 자모회장을 맡아 볼게요. 저는 저희 둘째 강철이

가 사학년 삼학년 때에도 자모회장을 맡아 보았어요."

그런데 이게 웬일이란 말인가. 짧은 머리 엄마가 강력하게 항의하고 나서는 것이 아닌가.

"아니, 거기는 작년에 자모회장하면서 자모회 모임을 단 한 번도 진행하지 않았다면서요? 반 대표한다면서 다른 반 자모회장들과의 모임에만 관심이 있었다면서요? 그렇게 해서 우리 반 자모회를 잘 끌고 갈 수 있을까요?"

얼굴이 벌겋게 상기된 지란이 뒷머리를 가시에 찔린 듯 화들짝 놀라 되받아쳤다.

"뭐에요? 어디서 그런 말도 안 되는 소리를 들었어요? 누가 그런 중상모략을 한단 말이에요?"

"중상모략이라고요? 저는 사실을 말했을 뿐이에요. 자모회라는 것이 같은 반 엄마들끼리 만나서 서로 아이들 관련된 정보도 주고받으면서 아이들에게 도움될 방법을 함께 고민해야 하는 모임 아닌가요? 그런데 거기는 단 한번도 반 자모회를 소집하지 않았잖아요?"

눈 한번 깜박이지 않고 내뱉는 짧은 머리에 비해 지란은 허둥지둥 말이 꼬이고 말았다. 사람들은 이곳저곳에서 웅성웅성하고 서로 주고받는 눈빛이 분주해지기 시작했다.

"그건, 어, 아무리 연락해도 사람들끼리 시간을 맞출 수 없었고, 어, 참석률이 너무 저조해서 미루다 보니 그렇게 보였나 본데, 반 모임 추진했단 말입니다. 그리고 자꾸 거기 거기 하는데 나이도 한참 어려 보이는 사람이 무슨 말투가 그래!"

"그래서 제가 없는 말 했단 말이에욧!"

이제 제법 앙칼진 짧은 머리의 말을 담임 선생이 나서서 막으려 했으나 이십 대 중반의 여성 힘으로는 역부족이었다. 담임은 정회를 선언하고 나가버리는 것이 아닌가. 그러자 사람들이 여기저기에서 좀 참으라고, 좀 쉬었다 하자고 말하는가 하면 드문드문 자리를 뜨는 사람들도 생겼다.

일이 참으로 이상하게 헝클어진다 싶었다. 도도한 자세로 앉아 하하 호호 하면서 교양 있는 웃음을 던지고, 형식상의 겸양도 보이던 예전의 자모회 선출이 아니었다. 예전에는 말 한마디만 툭 던져도 이목이 집중되고 자모회에 관심이 많은 사람으로 지목 받음과 동시에 박수와 함께 일사천리로 진행되지 않았던가. 일이 그쯤 되면 지란은 텔레비전 토크쇼에 나오는 여배우처럼 교양 있게 웃으면서 손사래를 살짝 쳐주는 것으로 화답하곤 했었다. 그런데 저 짧은 머리는 어찌 된 일일까. 보아하니 어디 직장에 다니는 것 같은데 이 시각에 왜 출근은 안 하고 이곳에 와서 지란이 가는 길을 막아선단 말인가. 요즘 버릇없는 아이들이 많아졌다더니 저렇게 거침없고 예의 없는 젊은 엄마들 때문이 아니겠는가. 민주화니 뭐니 하면서 세상이 바뀌었다고들 하던데 어쩌면 이곳에도 그런 바람이 부는 것인지 모를 일이었다. 힘도 없는 것들이 조용히 지낼 것이지 왜 이런 곳에까지 나와서 설쳐대는 것일까. 그나저나 생각해보면 짧은 머리의 말이 틀린 말만은 아니라는 생각도 들었다. 짧은 머리가 나서서 쏘아댈 때 솔직히 뜨끔한 느낌에 현기증이 일어나는 것 같았다. 하지만 물러설 수 없는 자리이다. 정신을 바짝 차려야 한다.

사람들을 따라 얼른 자리를 일어나 복도를 서성이던 지란은 정은이 엄마에게 전화를 걸어 빠르게 자초지종을 읊었다. 정은이 엄마는 그 온화하고 부드러운 목소리로 반갑게 전화를 받았다.

"아니, 아직도 안 끝났다고? 우리 일반은 다 끝나고 커피 타임 중이야! 능력은 없지만 내가 하기로 했고. 뭘 그렇게 어렵게 진행해! 그러니까 사전 작업을 했어야지."

아! 역시 큰 선거를 두 번이나 치러본 도의원 부인다웠다. 여유 있고 계획적이고 자신만만하다. 이를 어쩌면 좋단 말인가. 정은이 엄마가 도와주면 좋을 텐데, 정은이 엄마처럼 나도 지혜로우면 얼마나 좋을까. 이럴 때 지혜의 여신 같은 누군가가 나타나 날 도와줄 수는 없는 걸까. '선거는 이겨야만 돼! 제아무리 고상한 체해도 지면 소용없는 일이야라고 언젠가 일러두던 정은이 엄마 말이 떠오른 것도 그때였다. 그러나 재빨리 머리를 굴려 보지만 방법이 떠오르지 않았다. 화장실 앞을 서성이던 지란은 사람들이 교실에 들어가는 모습을 보면서 서둘러 따라 들어갔다.

역전이 필요하다는 생각이 든 지란은 먼저 들이밀었다.

"아, 자모회에 대해서 그렇게 잘 알면 잘 아는 사람이 하세요. 하겠다는 사람 밀어내고 싶은 것은 본인이 하고 싶어서 그러는 것 아닌가요?"

잠시 쉬는 사이에 감정이 좀 누그러진 듯한 짧은 머리는 웃으면서 말했다.

"언제 제가 자모회장 한다고 그랬나요? 자모회를 잘 이끌었으면 좋겠다고 한 말이지. 저는 그런 것 하고 싶지 않아요."

"그럼, 하고자 하는 사람 왜 말리고 난리예요?"

"난리요? 보자 보자 하니까 말씀 너무 막 하시네!"

"누가 말을 막 한단 말이야! 어린 사람이 말을 잘못 배워도 한참 잘못 배웠네."

이제는 서로 체면이고 뭐고 수위를 분간할 수 없게 되자 주변 자모들이 그만하라면서 말리고 들었다. 이럴 때 수미 엄마라도 나서서 한마디 도와주면 좋으련만 도무지 말이 없다. 지원을 요청하는 눈짓을 여러 차례 보냈건만 안절부절못할 뿐 입을 꼭 다문 저 표정은 도대체 뭐란 말인가. 하긴, 저러니까 항상 눈칫밥만 얻어먹고 살지, 당차게 자기 주장하는 구석은 찾아볼 수 없으니 항상 말단 하청업자 신세를 면하지 못하는 것 아니겠는가. 내가 바랄 것을 바라야지. 지난달에도 일거리가 없어서 수미 아빠가 놀고 있다기에 미장이 일을 조금 떼어 주게 하였건만 도대체 내게 도움이 되지 않는단 말이다. 내가 남편에게 수미네 집 이야기를 했던 것이 뭐 지가 잘나서 그랬는 줄 아는가 보다. 세상에 공짜가 어디 있다고 상황 파악을 못 하는지 한심할 뿐이었다. 시선을 둘 데가 없어서 자꾸만 수미 엄마 쪽을 쳐다보자, 저게 이젠 시선을 돌려버리는 것 아닌가. 괘씸하지만 지금은 어쩔 수 없는 일이었다. 인생이란 줄을 서야 할 때 확실히 서야 한다는 이치도 모르는 저런 인간은 이제 내 편이 될 수 없는 일이다.

그나저나 꼭 반 대표가 되어야 하는데, 일이 점점 더 헝클어져 수렁 속으로 들어가고 있으니 이 난관을 어찌해야 좋다는 말인가. 내가 반 대표가 되어야 정은이 엄마를 따라서 학교 총자모회를 움직일 수가 있는데 복병도 단단한 복병을 만났지 싶었다. 반 대표쯤이야 작년에도 재작년에도 땅 짚고 헤엄치는 일처럼 쉬웠는데 올해는 왜 이렇게 일이 꼬이는 것일까. 방법을 찾아야 한다. 감정을 최대한 감추고 일을 성사시켜야 한다. 엎드리라면 엎드리기라도 해야 한다. 텔레비전에 나오는 정치인들을 보아도 알 수 있지 않은가. 당선되고 나니까 선거공약을 안 지키고도 떳떳하지 않던가. 세상일이 다 그런 법이다. 화장실에 들어갈 때 다르고 나올 때 다르다는 말은 당연한 이치다. 어떤 놈이 들어갈 때와 나올 때 같은 표정일 수 있단 말인가. 다들 힘없는 자들의 자기변명일 뿐이다.

친정아버지가 작명소에 가서 지란이란 이름을 얻어올 때, 그곳에서 하는 말이 난초처럼 높고 맑은 성품이란 뜻이니 지혜롭고 온후한 아이로 키우라 했다지 않던가. 지란은 지금 바로 그런 표정이 필요하다 싶어 입술을 오므리고 정신을 바짝 차렸다. 오직 이겨야 한다는 생각만이 가득한 지란은 심호흡을 하고 말했다.

"아, 제가 좀 흥분했던 것은 정말 미안하게 됐습니다. 일을 하고자 하는 마음이 커서 그렇게 됐습니다. 요즘 아이들이 좀 어렵습니까. 학교 폭력도 많고 담임 선생님도 어지간히 힘든 게 요즘 아이들이잖아요. 담임 선생님도 도와드리고 우리 아이들이 다니는 학교를 좀 더 나은 환경이 되도록 하는 데 자모회가 중요합니다. 제가 몇 년 동안 자모회 일을 해 보니 그렇더군요. 그동안의 경험을 살려서 자모끼리 잘 어울리는 교실 한번 만들어볼게요.”

지란이 화를 억누르고 억지로 이성을 되찾아 조곤조곤 말을 이었다. 그러자 짧은 머리가 반색을 하면서 따지고 들었다.

“뭐에요? 그동안 어찌 하셨는지 보면 뻔하지, 또 속으란 말이에요? 나 참! 한두 번 속았으면 됐지, 도대체 몇 번이나 속으란 말이에요. 애들도 아니고 배운 게 그 수준인데 그 수준 어디 가겠어요?”

욱, 하는 성미를 가까스로 참아내던 지란은 이제 속이 부글부글 끓어올라서 견디기 어려웠다. 아! 이제 어쩌면 좋단 말인가. 저 짧은 머리를 따라서 솟구치는 감정을 드러냈다가는 일이 돌이킬 수 없게 될 것이 뻔한데, 더 이상 나갈 수도 없고 물러설 수도 없는 이 상황을 어찌 해야 한단 말인가. 성질머리대로 한다면 여고 시절 시내를 휘젓고 다녔던 그때 그 시절로 얼마든지 돌아갈 수도 있지만 어찌 되었든 참아야 했다.

지란이 마땅히 대꾸할 말을 찾지 못해서 허둥지둥하는데, 사람들의 시선이 창밖을 향하면서 ‘데리고 오라’며 수선을 떨었다. 복도 쪽에 앉았던 누군가가 나가더니 자모 한 명을 데리고 들어왔다. 아! 순간 지란은 아무 생각도 나지 않았다. 교실에 들어온 사람은 다름 아닌 작년에 같은 반 총무를 맡았던 영미 엄마였다. 왜 하필 이 시각에 우리 반 복도를 지나갔는지 모를 일이지만 일이 더 어렵게 흘러간다는 직감이 들었다. 지란은 머리카락이 쭈뼛 서고 입술에 파르르 경련이 일었다.

"아! 영미 엄마가 작년에 총무를 맡아 함께 반 자모회를 했으니 한번 물어봅시다. 마침 잘 오셨네요."

짧은 머리는 작년 총무와 잘 아는 사이 같았다. 반색하면서 영미 엄마라고 호칭하는 것이나 서로 주고받는 눈빛을 볼 때 자연스런 교감이 이루어지고 있는 게 틀림없었다. 혹시 저 짧은 머리의 호출을 받아 총무가 찾아온 것인지도 모를 일이었다. 하지만 정신만 바짝 차린다면 호랑이 굴에서도 살아남을 수 있다고 했다. 지란은 선수를 쳤다.

"총무님, 오랜만이에요. 작년에 자모회 하시느라 고생하셨어요. 연말에 밥 한번 산다고 하고 마음만 있었지 도무지 바빠서 시간을 못 냈네요. 우리 조만간에 한번 봐요. 아! 사람들이 이상한 말을 들었나 봐요. 작년에 우리가 자모회를 이끌면서 자모들끼리의 모임을 한번도 진행하지 않았다고 그러지 뭐예요. 나 참, 나름대로 한다고 했는데 제 말을 도무지 안 믿지 뭐예요."

그런데 이게 무슨 날벼락이란 말인가. 싱글싱글하던 총무는 표정을 굳히고 쏘아보는 듯한 눈빛을 한 채 받아치듯 읊조렸다.

"맞는 말이네요. 단 한번도 그런 일 없었죠. 다른 반은 점심때 반 엄마들끼리 만나서 아이 친구들 관련한 정보도 주고받고 학교나 학원 이야기도 나누곤 했는데 우리 반은 그런 일 없었잖아요? 아니, 반 대표님은 총무인 저를 만난 적 있던가요? 반 대표들끼리는 한 달이 멀다 하고 만나고 다니셨지만 우리 반을 위해서 하신 일이 뭐가 있었죠?"

아, 아! 이런 경우를 일컬어 엎친 데 덮친다고 하던가, 사면초가라고 하던가. 사람들 중에는 박수를 치면서 웃는 이도 있고 피식피식 터져 나오는 웃음을 어쩌지 못해서 고개를 돌린 채 머리를 흔드는 이도 있었다. 지란이 아무 말 못 하자 승자라도 되는 양 작년 총무는 휙, 하고 나가버리는 것이 아닌가. 마치 작전 임무를 완수한 병사처럼 웃음까지 머금은 채.

내가 이러자고 아침부터 긴장해서 보냈단 말인가. 차라리 그 시간에 반 엄마들 성향 파악이라도 할 걸, 아니 영미 엄마 말대로 안면 있는 엄마들을 만나 점심이라도 함께하면서 내 편을 만들어 두었어야 했다. 너무 안이하게 대처한 탓이다. 당연히 아군이 되어 함께하리라고 믿었던 수미 엄마는 꿀 먹은 벙어리가 되어 눈치만 보고 있는 것이 역력하고 도무지 돌파구가 보이지 않는다. 아침에 남편이 자신의 차 열쇠를 주면서 아는 엄마들을 차에 태우고 가라고 했던 말이 생각난 것도 그때였다.

　남편은 내년에 있을 군의원 선거에 나가기 위해 물밑 작업에 심혈을 기울이고 있다. 그래서 그런지 요즘 그런 쪽으로 생각이 잘 돌아간다. 하지만 자신이 받쳐주지 못한다는 생각이 들자 이대로 집에 돌아갈 수는 더더욱 없다는 생각이 머릿속을 꽉 채웠다. 자신이 해야 할 일이라는 게 학교 자모회 조직을 통해서 인맥을 만들고, 그 인맥을 내년 군의원 선거에서 최대한 활용하는 것이다. 그리고 솔직히 말해서 남편의 군의원 당선은 단순한 명예를 위한 일이 아니다. 당장 집안의 경제를 위해서 필요한 일이다. 남편이 운영하는 건설 업체라는 게 겉모습만 번드르르하지 실속이 없다. 높은 사람들과 만나고 잘나가는 사장들과 어울려야 영업이 가능한 속성상 큰 승용차와 골프는 기본이다. 조막만 한 일을 아무리 해도 바닥 생활을 벗어날 수 없는 게 그쪽의 생리다. 큰 걸 수주해야 할 뿐만 아니라 관공서 일을 따내야만 허리를 펼 수 있다. 이미 지금 살고 있는 아파트도 은행이 주인이다시피 하고 회사도 어렵게 끌고 가고 있지만 누구에게도 말할 수 없었다. 그래서 그 돌파구로 선택한 것이 군의원이 되는 것이다. 따라서 군의원이 되는 일은 남편의 사업에 사활이 걸린 일에 다름 아니다.

그런데 어쩌자고 이런 작은 일 하나 자연스럽게 해결하지 못하는 것일까. 지란은 자괴감에 모욕감이 겹쳐 몸 둘 바를 모를 지경이었다. 마구 소리라도 질러버리고 싶었지만 그래서는 안 될 일이었다. 그동안 살아오면서 겪었던 힘든 일들이 얼마나 많았던가. 그깟 자존심쯤이야 어찌어찌하다 보면 이겨내곤 했지 않은가. 특히 도의원 부인인 정은이 엄마가 자신을 대하는 것은 솔직히 비굴해지기를 강요하는 정도다. 마치 자기 집 차량 운전수라도 되는 듯 승용차를 갖고 나오라며 수시로 불러낸 것이 어디 한두 번이었던가. 누구를 만나러 가야 하는데 피곤하니 좀 태워다 달라는 것은 기본이고, 자기 집 아이들 학원 좀 픽업해 달라며 부탁할 때에도 미안해하는 기색은 찾아볼 수 없지 않은가.

그런데 알 수 없는 것은 그때마다 감사해하는 듯한 자신의 태도였다. 언니, 언니 하면서 따르긴 하지만 겨우 한 살 많은 정은이 엄마가 마치 자신의 큰언니라도 되는 듯이 하대해서 속상했던 적이 한두 번이 아니었다. 이야기를 들어볼 때, 소싯적에 놀았기로 한다면 정은이 엄마가 자신보다 몇 가닥 더 놀았지 싶은데도 하는 행동을 보면 전혀 그런 과거가 상상되지 않는다. 어떻게 그렇게 변신해서 살고 있는지 참으로 모를 일이다.

작년 총무가 폭탄과도 같은 발언을 쏟아붓고 나가자 박장대소가 멈출 줄 모르던 교실에 갑자기 찬바람이 불었다. 정은이 엄마를 필두로 해서 한 무리의 자모들이 출입문 앞에 서 있는 것 아닌가.

"일반부터 오반까지 반 대표 자모들이에요. 육반 대표를 기다리다가 궁금해서 와 보았어요. 들어가도 될까요?"

예의를 갖춘다며 하는 말투였지만, 그들은 누구의 허락을 듣고자 하는 것이 아니었다. 입과 발이 함께 움직이고 있었다. 아니, 그들의 몸은 이미 교실 안으로 들어온 뒤였다. 그런데 그 누구도, 짧은 머리도, 생머리도 아무 말이 없었다. 오히려 인사를 나누느라 고개를 끄덕이는 모습이 보였다. 그중에는 슬며시 웃음을 보이면서 눈빛을 교환하기도 하였다. 남편이 현직 도의원이고 작년에 총자모회장을 맡았던 정은이 엄마가 들어온 것이다. 교실 안은 일순간 차분히 가라앉았다.

"무슨 회의를 이렇게 오랫동안 해요? 육반 반 대표 한다는 사람 없나? 요즘은 엄마들도 다들 바빠서 서로 안 하려고 하기 일쑤지요. 자칫하면 이러쿵저러쿵 뒷말이나 듣고 신경 써야 할 일이 좀 많아요?"

정은이 엄마가 끼어들어서 자못 길게 말을 이어가는데도 누구 하나 제지하지 않았다. 좌중은 이상하리만치 조용히 경청하는 것이 아닌가. 그토록 사납게 몰아대던 짧은 머리 엄마도 시선을 딴 곳에 두는 것이 아닌가. 마치 쉬는 시간에 재잘재잘 떠들던 학생들이 선생의 등장과 함께 후다닥 제자리로 달려가고 자세를 고쳐 앉으며 입을 다무는 풍경 같았다. 정은이 엄마의 말은 계속 이어졌다.

"더구나 요즘은 경기가 좀 안 좋아요? 반 대표 하려면 누가 뭐라 해도 약간의 지출도 필요하지요. 오죽하면 작년에 돈 쓰지 않는 총자모회를 약속했겠어요. 웬만한 비용은 제가 좀 보태려고 했었죠. 어! 강철이 엄마! 강철이 엄마가 해보지 그래? 작년에 반 대표 하시느라 힘들었겠지만 내가 앞장설 테니까 한 번만 더 해요."

정은이 엄마의 설득이 이어지자, 그때껏 입을 다물고 있던 수미 엄마가 나섰다.

"그래요. 한번 해봐요. 경험도 있으니 충분히 할 수 있을 거에요."

눈이 화들짝 떠진 지란은 표정을 어찌해야 할지 몰라 허둥댔다. 뭔가 호응을 해주어야 한다는 생각에 한마디 하려고 했으나 다문 입이 벌어지지 않았다. 마음만 앞서서 그랬는지 쓸데없이 팔이 올라가다 말았다. 무슨 선생 앞에서 발언권이라도 얻으려는 듯이 말이다. 그 태도가 어깨를 으쓱하면서 긍정

하는 표정으로 해석되었는지도 모르겠다. 정은이 엄마는 한 번 더 쐐기를 박았다.

"아, 강철이 엄마가 경험이 많아요. 작년에 반 대표 했잖아요. 중학생인 큰애 때도 자모회 활동을 열심히 했고 말이에요. 우리 박수 한번 치지요!"

그때였다. 짧은 머리가 벌떡 일어섰다.

"참, 잘들 하시네요. 하고 싶은 사람들끼리 얼마나 잘하는지 한번 해보라고요. 우린 갑니다."

왠지 모르게 힘이 빠져버린 짧은 머리는 생머리 손을 잡아끌며 툭툭 털고 나가버렸다. 강력한 적수가 사라져버린 회의장은 일사천리로 회의를 마쳤다. 정은이 엄마의 제안에 따라 어색하게 박수가 이어졌고, 지란이 반 대표로서의 다짐의 말을 다 하기도 전에 사람들이 우루루 일어나 뿔뿔이 흩어졌다.

학년 자모회를 마치고 반 대표 엄마들과 저녁 식사까지 마친 지란은 서둘러 집으로 향했다. 문득, 오늘 하루 무언가에 홀려서 쫓기듯 달려온 것만 같았다. 일몰 시각을 막 넘긴 어스름 사이로 아파트 곳곳의 가로등이 밝아질 듯 말듯 주춤거렸다. 어둠이 밝음을 밀어내고 있는지, 밝음이 어둠을 내몰고 있는지 분간이 잘 안 되었다. 맥주까지 두어 잔 마셔서 그런지 조금씩 조금씩 다가오는 가로등 불빛이 흔들거렸다. 어둠

지도 않고 밝지도 않은 이 순간을 어서 벗어나야겠다는 생각
이 들었다.

몸을 휙 돌려서 도망치듯 집으로 들어온 지란은 깜짝 놀랐
다. 비교적 부지런 떨면서 살아온 지란이건만 설거지통에 아
침 설거지 거리가 그대로 있었다. 식구들이 간밤에 벗어 둔
옷가지며 어지러이 놓아 둔 물건들도 거실 이곳저곳에 흩어
져 있었다. 전에 없던 일이었다. 어린 시절에 말썽 피우며 살
아온 자신의 삶을 이제 바꾸고자 다짐하며 선택한 삶이 바지
런해지는 것이었다. 아이들 앞에서 그다지 내세울 만한 것이
없지만 집 안을 깨끗하게 하는 모습을 보여주는 것 정도는 할
수 있다고 생각했던 것이다. 지란은 재빠르게 치우고 닦았다.

잠시 후 학원에서 돌아온 아이들에게 늦은 저녁상을 차려
주고는 머리를 식히고자 텔레비전을 틀었다. 이리저리 채널
을 돌리는데 아침 드라마 재방송이 있었다. 그러고 보니 오늘
아침에는 그렇게 좋아하는 드라마조차 지나쳤지 뭔가. 한창
저녁 드라마에 빠져드는데 현관 번호키를 누르는 소리가 들
렸다.

"아니, 당신! 어쩐 일이에요? 이렇게 일찍 들어오시고!"

"오늘 고생했어! 당신과 맥주 한잔하고 싶어서 일찍 들어
왔어. 이차 가자고들 하는데 집에 일이 있다고 말하고 들어왔

지."

거실에 자리를 잡은 남편이 드라마를 보다가 피식 웃으면서 물었다.

"뭐 저런 일이 있을까? 시동생 딸의 생모는 자신이고, 자기는 형과 결혼해서 산다? 아무리 드라마라도 저런 이야기를 뭐 재미있다고 봐?"

"저게 막장드라마예요. 요즘은 방송극마다 막장드라마 경쟁이라도 하는 것 같아요. 아무 생각 없이 보면 재미있어요."

"그런데 저 여배우는 생긴 것도 꼭 요물처럼 생겼네. 실제로 저렇게 이중적인 여자일 것 같아. 저런 악역을 맡기에 딱 맞는 것 같아."

"그래도 저 여배우가 주연배우예요. 선인 대 악인에서 선한 역할을 맡지 못했을 뿐이지, 인기가 얼마나 높아졌는데요. 요즘 광고 여러 편 찍었어요."

"그래? 하긴 그래! 주연배우를 해야지. 악역이면 어때? 일단 좋은 자리에 앉으면 이름을 얻게 되지. 그게 바로 돈 버는 자리이고 말이야. 선거도 그래. 이겨야지. 방법이나 수단이 어디 따로 있겠어? 일단 그 자리를 앉고 봐야 돼."

지란은 가슴 한 켠이 뜨끔했다. 남편과 드라마 이야기를 나누다 보니 낮에 있었던 6반 자모회의 풍경이 떠올랐기 때문이다. 어디든 숨고 싶었고, 무슨 방법이든 찾고 싶었던 자모회 시간이었다. 차마 남편에게 자세히 말하지는 못했지만, 아니 결코 말하지 않을 것이지만 선명하게 각인된 이미지로 슬라이드 지나가듯 보였다. 그래도 자신은 주연배우가 된 것이 아닌가 하는 생각을 하면서 스스로를 위로했다.

멍한 표정으로 딴생각에 빠진 지란을 향해 남편이 불쑥 혼잣말처럼 중얼거렸다.

"그래, 인생이 연극 같은 거야. 다음 주에 우리 동네 군민회관에 연극 공연이 있다던데, 거기나 한번 가볼까."

연극은 고사하고 영화조차 즐기지 않는 남편의 말이기에 대답을 해야 할지 말아야 할지 지란은 헷갈렸다. 남편의 얼굴을 빤히 쳐다보는데 형광등 불빛이 남편의 눈동자 속에서 흐릿하게 흔들렸다.

너무나 오래된 책

아침 운전 길에 만나는 이숙영의 파워 에프엠은 박시성이 가장 즐겨 듣는 라디오 프로그램이다. 시간에 쫓겨 살다 보니 신문이나 텔레비전도 못 보는 시성에게 뉴스 브리핑을 해주는 고마운 존재인데, 최신 가요까지 만나게 해주니 더욱 좋다. 직원들과 노래방에 가면 '맨날 옛날 노래만 한다'는 구박을 듣곤 했는데, 그걸 극복하게 해준 계기가 이숙영의 파워 에프엠이었다. 그래서 이 프로그램은 시성에게 스승과 같은 존재다. 스승이 뭐 별거던가. 내가 모르는 것을 깨우쳐주면 스승이라 해야 마땅하다. 파워 에프엠을 애청한 지 만 삼 년을 넘긴 지난 스승의 날에는 방송국에 감사 전화라도 할까 한참 동안 망설이기도 했다.

시성이 이숙영의 라디오 방송을 좋아하는 데는 무엇보다 그의 귀엽디 귀여운 목소리와 확 잡아끄는 멘트 때문이다. 자칭 애정당 당수이기도 한 이숙영은 타고난 재치와 명랑한 목소리로 매일 아침 시성의 청각을 자극한다. 세수는 고사하고 잠옷 바람으로, 그것도 아이들 등교 준비시키느라 눈길도 마주하지 않은 채 배웅을 하는 아내를 생각하면 아침마다 부아가 치민다. 하지만 차에 올라 라디오를 켜는 순간 기분이 달라지니 얼마나 감사한 일인가. 간드러지는 목소리에 야한 농담도 거리낌 없이 쏟아내는 엠시 이숙영을 어쩌면 짝사랑하고 있는지도 모를 일이다.

목요일 아침, 전주에서 진입한 고속도로는 한적하기 그지없다. 파워 에프엠 방송을 들으니 머리도 한결 가벼워지는 듯하다. 그러나 아직 술기운이 남아 있는가 보다. 어젯밤 전주 막걸리 골목에서 시작한 술자리가 이차 삼차를 거쳐 노래방까지 이어져 새벽녘이 되어서야 여관방에 들어갔다. 젠장, 어제는 서울로 올라가고 싶었는데, 새로 들어온 장 부장이 말썽이었다. 중소기업에서 오랫동안 관리직 생활을 해보았다는 경력만 믿고 채용했는데, 실수였다.

장 부장은 전주시 덕진 빌딩의 건물 관리팀장인데 그 녀석이 직원들을 어지간히 피곤하게 하는가 보다. 경비, 청소 담당 아주머니들이 여섯이나 사표를 낸 상태가 아닌가. 지난달에 들렀을 때만 해도 아무 문제 없다더니 이젠 자기 손으로 감당하기 어려워졌는지 받아 둔 사표 뭉치를 시성에게 보여주는 것 아닌가. 경비 아저씨들과 청소 아주머니들을 돌아가면서 면담하고 위로해주다 보니 어느덧 어스름이 내리고 있었다. 그동안 죄인이 되어 사무실 한쪽에서 기다리던 장 부장과 손 과장, 이 과장이 사무실로 슬그머니 들어왔다. '너희들 당장 해고다!'라고 소리치고 싶었는데, "막걸리나 한잔하지"라는 부드러운 음성이 튀어나오고 말았지 뭔가. 사실 그들도 집에 돌아가면 처자식이 눈 멀뚱멀뚱 뜨고 기다리는 가장이지 않은가. 왠지 안쓰러운 마음이 들면서 잔소리와 격려를 섞은 술자리를 계속 이어 갔었다.

라디오에서 흘러나오는 은은한 음악을 들으니 대학 시절 필명을 날리던 때가 떠올랐다. 시성은 중고등학교 시절에 이미 작은 시인이었다. 한두 살 위 선배들은 그의 상대가 아니었다. 대학 신입생 시절에 그는 군대를 제대한 복학생 선배들과 깊은 이야기를 주고받는 수준급 인사였다. 초등학교도 다니지 못하고 시골에서 농사만 지어오신 아버지가 시를 아셨을까. 어찌하여 시인 중에서도 최고라 할 시성이란 이름을 주셨는지 모를 일이었다. 시성은 그 이름 덕에도 주변 문우들에게 이름을 날리곤 했었다.

책은 또한 얼마나 좋아했는지 문학 관련 서적뿐만 아니라 역사, 경제, 정치, 철학 등 인문 사회과학 전반에 걸친 독서를 해온 시성이었다. 당연히 그의 주변에는 책과 친숙한 선후배들이 몰려들었고 국문과 교수들도 칭찬 일색이었다. 지금은 거의 용도 폐기된 순수문학이니 참여문학이니 하는 논쟁으로 서로 각을 세우던 당시에도 그는 선견지명이 있었다. 어쩌면 다양한 서적을 탐독한 덕분일 것이다. 그는 우리의 문학적 방향이 사르트르적 참여문학은 분명히 아니지만 우리네 삶의 현장을 바르게 담아내지 못하고 감성에 머무는 문학도 거부해야 한다고 말하고 다녔다. 요즘 식으로 말하자면 진영 논리를 거부하되 참여적이면서 감성적인 문학의 깃발을 일찍부터 치켜든 셈이었다. 주변 친구들에게 그는 이미 뛰어난 시인이었다. 지금도 가장 친한 사람은 대학 시절에 문학을 함께했던 친구들이 아니던가. 마음뿐이지만 아직도 그의 미래는 대한민국을 대표하는 시인이다.

시성이 삼 년째 본부장으로 있는 중앙개발에 입사한 지는 십 년째다. 그가 사원으로 시작해 대리, 과장을 거쳐 일약 본부장으로 진입하기까지는 만 칠 년이 걸렸다. 그 사이에 있는 차장이나 부장 자리는 가볍게 건너뛰었다. 그러나 그가 서른

여섯 살에 소위 시이오(CEO) 자리를 차지한 것에 대해 사내에서는 아무도 뒷말을 하지 못한다. 그가 직원 오십여 명이던 중앙개발을 칠백여 명의 큰 회사로 발전시킨 일등 공신이기 때문이다. 영업이며 관리며 닥치는 대로 해치우던 그는 탁월한 능력으로 대기업과 연줄을 만들었고 대기업의 건물을 위탁 관리하는 일을 수주하게 된 것이다.

그러나 그가 단순히 영업만을 잘하는 것도 아니었다. 시적인 감성으로 훈련된 인간적인 품성에 다양한 독서로 무장된 논리력은 만나는 사람들을 매혹시켰다. 게다가 어려서부터 논밭 일로 가꿔온 체력은 술자리에서 밤샘을 해도 다음 날 아침에 어김없이 출근하는 근면 성실한 모습을 보여주었다. 입사 초기만 해도 시성은 자신이 시인의 길을 갈 것이라는 생각에 변함이 없었다. 그래서 아무리 바빠도 출근 가방 속에는 시집이 들어 있었고 술에 취해 귀가해서 시를 쓰겠다며 책상 앞에 앉아 있기도 했다. 그러나 시성이 중앙개발의 본부장이 된 뒤에 그는 더 이상 시 비슷한 쪽에 다가갈 수 없었다. 서점에도 갈 일이 없었다. 방 안 삼면에 가득한 책장 어느 곳에 무슨 책이 있는지 눈 감고도 찾을 수 있었는데, 이제는 무슨 책이 있는지도 가물가물하다. 마치 아주 오래전 추억처럼 희미한 그림자만이 어슬렁거리는 듯하다. 그러나 오늘처럼 조금만 무드가 잡혀도 오랫동안 가져왔던 시인을 향했던 꿈이 옆구리를 찌르니 모를 일이다. 운명인가 보다. 그저 방 안 가득 오래된 책이 있어 마음에 위안이 되어줄 뿐이다.

시성이 본부장이 된 일을 주변에서는 신화라고 부른다. 사내에서는 물론이고 대기업에 입사한 친구들에게도 신화다. 회사에서 에쿠스 승용차가 무상으로 나왔고 영업용이지만 값비싼 골프용품이 트렁크에 실려 있었다. 어디 그뿐이랴. 한도액이 정해지지 않아 전결 처리가 가능한 법인카드가 손에 들어왔다. 출퇴근도 자유로워졌다. 그러나 시성은 결코 일부러 늦게 출퇴근하는 법이 없었다. 오히려 토요일이나 일요일에도 예전보다 더 많이 이곳저곳 지역 작업장을 찾아다녔다. 그에게 일을 시킬 사람도 없지만 누가 시켜서 하는 것은 시성의 체질이 아니었다. 시성이 알고 있는 발전 가능한 현대인이 되려면 일은 알아서 하고 항상 창의적이 되고자 긴장의 끈을 한시라도 놓지 않아야 했다. 시성은 일을 안 하면 오히려 불안했다. 시중에 『피로사회』라는 철학책이 날개 단 듯 팔려 나간다지만 시성은 동의할 수 없다.

아내도 신바람이 났다. 연봉이 세 배로 뛰었는데 시성은 급여에 손대지 않았다. 그가 사용하는 모든 비용은 공금 처리가 가능했기 때문이다. 아내는 이제 전셋집을 떠나 내 집을 장만

할 꿈에 부풀어 매일 집 보러 다니기에 바쁘다. 이사와 관련한 일은 전적으로 아내가 맡아서 처리했다. 도대체 시성이 집에 있을 틈이 없기 때문이다. 지방 출장을 나가면 며칠이 지나서야 집에 들어가곤 하니 말이다. 화요일에는 대전에서 사업소 직원들과 보냈고 그 전날은 청주에서 본청 업체 이사를 만나 접대하느라 거의 밤을 새우다시피 했다. 이제 뒷자리에 걸려 있던 와이셔츠 세 장이 모두 세탁소에 갈 준비를 하고 있다. 시성은 오늘 밤에는 꼭 집에 가야 하겠다고 생각한다. 목요일에는 이사한다며 아내가 일러둔 말도 생각났다.

서둘러 고속도로를 달렸지만 서울 시내에 진입하는 길은 멀고도 멀었다. 새치기에 신호 위반을 거쳐 여의도 사무실에 도착하니 점심시간이었다. 시성은 서둘러 점심 식사를 마치고 부장들로부터 업무 보고를 받았다. 일은 참으로 잘 진행되고 있었다. 올 상반기 실적은 목표량보다도 25%는 초과 달성할 것이 거의 확실시되고 있었다. 독립 법인의 대표이사로서 가장 중요한 것이 곧 다가올 이사회인데 이번에도 정말 즐거운 시간이 될 것이다. 시성은 조금 미약한 강원도 지역의 매출 증대를 위한 전략 회의를 마치고 조금 이른 시간에 퇴근을 서둘렀다. 새로 이사한 집도 궁금했다.

시성이 지하 주차장에서 차문을 열 무렵이었다. 최신 노래로 벨소리를 바꾼 핸드폰이 요란하게 울렸다.

"박 사장! 어디야? 이따 명동으로 좀 들어오시게."

그룹 회장이었다. 시성이 가장 어려워하는 사람, 그의 임명권을 쥔 사람이었다. 회장의 말은 어떤 상황에서도 거역해서는 안 되었다. 아니, 지금까지 입사 10년 동안 단 한 번도 그래 본 적이 없는 인물이었다. 그는 시성이 청주, 대전, 전주를 거쳐 여의도 사무실에 들어와 업무를 보고 있다는 사실을 이미 알고 있을 터였다. 퇴근 시간이 되었으니 저녁 식사를 같이하자는 말이었다.

"예, 알겠습니다. 곧 가겠습니다."

다른 말이 필요 없었다. 시성은 핸들을 돌려 명동으로 향했다. 마치 명동을 향하려고 차에 올라탔던 사람처럼. 일정은 똑같았다. 비서가 예약해 둔 호텔 일식집에서 일차를 하고 스카이라운지 바에서 양주를 한없이 마셨다. 자정 무렵, 회장에게 깍듯이 인사를 하고 대리운전사 뒷자리에 앉아 잠이 들었다. 시간이 얼마나 흘렀을까. 대리운전사가 흔들어 깨웠다. 그때 퍼뜩 생각이 들었다. '아! 오늘 이사한다고 했지.' 그런데 이사하기로 한 집이 기억나지 않았다. 아내에게 전화를 걸어 몇 동 몇 호인지 물어서 집을 찾아갔으나 몸이 천근만근이었다. 휘청휘청 몸을 흔들며 자신의 집을 찾아간 시성은 그대로 고꾸라졌다.

시성은 아침 일찍 잠에서 깼었다. 아직 머리가 지끈거렸다. 술에 장사란 소리를 듣는 시성도 명동에 갔다 온 다음 날이면 왠지 머리가 아프고 속도 쓰리다. 그런데 이상하다. 방이 낯설다. '이사했으니까 그렇겠지' 하면서도 뭔가 이상하다. 자신의 방에는 책이 가득했었는데 다른 방으로 옮겼나 보다. 아, 서재를 따로 두었는지도 모른다. 부스스한 머리를 매만지며 일어나 아파트 이 방 저 방 둘러본다. 없다. 서재, 아니 책이 보이지 않는다. 그렇다면 책이 어디로 갔단 말인가.

"여보! 내 책 어디에 두었어?"

"책? 아주머니 주었어!"

"누구?"

"왜, 우리 전세 살던 아파트 입구에서 구멍가게 하는 아주머니 있잖아! 그분이 폐지 모아서 팔잖아. 그냥 버리면 뭐 해. 기왕이면 그런 분 도와주는 게 좋을 것 같아서."

아내의 말에는 아무런 떨림도 미안한 기운도 느껴지지 않았다. 순간, 시성은 화들짝 술이 깨는 듯했다.

"지금 누구라고 했어? 누구라고?"

"그 아주머니 몰라? 대단히 성실하게 사신다며 그런 분이 복 받아야 한다고 당신도 말했었잖아! 그리고 우리 막둥이 방도 하나 만들어주고 싶었어. 당신, 책 관심 없잖아!"

　시성은 토할 것 같았다. 어젯밤 명동에서 먹은 양주와 신선한 횟감이 누렇게 변색되어 역류하는 물줄기를 만들 것만 같았다. 새 아파트의 콘트리트 냄새가 더해지면서 시성의 눈빛은 밤샘하고 나타난 도둑고양이의 시선처럼 변하고 있었다.

인형 뽑기

내가 소위 잡부의 길을 꾸준히 걷게 된 것은 순전히 힘 때문이다. 스무 살 때부터 시작됐으니까 꼭 이십 년째다. 학창 시절에는 나를 감당할 수 있는 녀석이 우리 반에는 아무도 없었다. 팔씨름, 오징어 씨름, 샅바 씨름 할 것 없이 힘, 하면 나였다. 힘만 센 것이 아니라 부모님께서 물려주신 키와 몸집도 여간 아니어서 면 씨름 대회 때면 단골로 불려가는 선수급으로 살아오게 되었으니 소위 허우대 하나는 남부럽지 않은 몸이다. 참으로 미안한 일이지만 늦게나마 지금의 아내를 만나서 꾸역꾸역 살림을 꾸려올 수 있었던 것도 다 나의 이 짱짱한 몸 덕이다.

　하지만 세상살이는 내 맘대로 되지 않았다. 스무 살 때 서울에 올라가서 박스 공장에 취직해 열심히 일했다. 부피만 큼지막하지 가볍기 이루 말할 수 없는 종이 박스 나르는 일은 땅 짚고 헤엄치기에 불과했다. 그런데 내게 불의를 참지 못하고 욱하는 성품이 숨어 있는 줄은 나도 몰랐었다. 분명히 근무 시간인데, 반장이 잠시 위층 사무실에 올라간 사이에 일을 하지 않고 널브러져 앉아 있는 또래 녀석들이 꼴도 보기 싫었다. 그것도 한두 번이지 매번 그렇게 농땡이를 치는 녀석 하나를 보다 못해 몸으로 살짝 치받았다. 아뿔싸! 녀석의 귓불에서 피가 흐르는 것이 아닌가. 세상사는 원인을 따지기 전에 결과가 더 중요한 법이던가. 일은 안 하고 폭력을 일삼는다며 경찰서에도 끌려가고 박스 공장에서도 쫓겨나게 되었으니 말이다.

내가 잡부 생활을 시작한 것은 그때부터였던가 보다. 한 공장에 갇힌 생활보다는 젊은이답게 다양한 경험이나 쌓아야겠다는 생각에 공사 현장을 찾았다. 일용직을 소개해주는 업소를 찾아갔더니 사장이 누구보다도 먼저 콕 찍어서 일자리로 보내는 것이 아닌가. 모두가 내 튼튼한 몸 덕이 아니겠는가. 물론 잡부가 꿈이었다든가, 평생 잡부를 하겠다고 맘먹은 적은 단 한번도 없다. 그래서 한동안 잡부 생활을 접고 인쇄 공장, 봉제 공장, 주물 공장 따위의 여러 공장을 전전했다. 물론

이 공장에서 저 공장으로 옮기는 사이사이에 일용 잡부 생활을 마치 쉬어가듯이 들락거렸다.

결혼 초반이었지 싶다. 신발 공장 포장부에서 일할 때였다. 돈을 벌어야 하겠다는 생각에 공장이 쉬는 일요일마다 일용직 소개소를 찾던 시절도 있었다. 그래도 힘든 줄 모르고 열심히 일했다. 그때쯤이었다. 단골이다시피 만나게 된 현장 감독이 지방에 일 년은 걸리는 일거리가 있는데 함께 가자 했다. 사실상 신발 공장의 돈벌이도 시원찮은 차에 잘됐다 싶었다. 내친김에 가족과 함께 지금의 이 작은 지방 도시로 이사를 했다. 그런데 처음에 석 달쯤은 월급이 잘 나오더니 넉 달째부터는 차일피일 미뤄지기 시작했다. 나는 더 이상 생활을 버틸 수 없게 되어 그 현장을 그만두었다. 적은 돈일지라도 당장의 생활을 위한 현금이 필요했다. 일용 소개소를 찾아가면 그날그날 임금을 받을 수 있으니 훨씬 나았다. 게다가 아직은 체력이 받쳐주고 있으니 일용직 소개소를 성실히 찾아가게 되었다. 물론 이 생활을 꾸준히 할 생각은 없었다. 당분간 성실히 일해서 목돈이 만들어지면 아내와 함께 작은 식당을 차리는 계획을 품었다.

그런데 일 년이 지나고 이 년이 지나도 생활은 나아지지 않았다. 아내까지 식당 일을 나가며 함께 노력하는데도 제자리걸음이었다. 이제 딸내미도 유치원에 다니게 되니 생활비는 더 커졌다. 어느 날 동료들이 기술을 배워야 최고라기에 미장 기술을 배우려고 따라다닌 적도 있지만, 나는 이 일을 오랫동안 할 생각이 없을 뿐만 아니라, 힘써서 나르고 파고 집어던지는 잡부 일이 훨씬 좋았다. 나이도 점점 먹어가면서 몸이 예전 같지 않은 경우도 간혹 있지만, 타고난 체격과 힘이 아직은 든든한 백이다.

오늘 아침도 맨 먼저 차출 받았다. 이제는 한 식구처럼 돼버린 일용 사무소 사장이 불렀다. 새벽녘 어스름이 채 걷히지 않은 시각이지만 꾸물꾸물거리는 국방색 옷차림의 일꾼들 사이로 다가오는 사장의 손짓은 금방 알아볼 수 있었다. 이삿짐을 나르는 일인데 힘 잘 쓰는 사람 네 명을 보내달라 했다고 한다. 더구나 이만 원을 더해서 십이만 원을 준다면서 함께 갈 사람을 찾아보라 하는 것 아닌가. 나는 우선 서로 손발이 잘 맞는 상진과 순덕을 호명했고 한 명은 누굴 데려갈까 결정을 할 수 없었다. 결국 사장이 선택했는데 우리가 쥐새끼라 부르는 김소창이었다. 사십 대 중반이나 되었는데 어찌나 뺀질대고 제멋대로인지 모르는 인간이었다. 하지만 마땅한 사람이 보이지 않는 데다 사장이 이미 소리쳐 부른 뒤라서 막아서지 않았다.

봉고차는 십분 후에 현장에 도착했다. 회사 사무실을 옮기는 일인데 이층에 있는 책상이며 수납장, 창고에 있는 여러 물품들을 우선 계단을 통해 내려놓아야 했다. 회사 사장은 인심이 후한 사람인지 천천히 커피 한잔하고 시작하자 했다. 보통 여덟 시에 땡하고 시작하는 게 현장 일인데 우리는 아홉 시가 다 되어서야 짐을 일층으로 내리기 시작했다. 도와주겠다고 나온 그 회사 직원들은 한 시간 남짓 지나자 헉헉대기 시작했지만 단련된 우리는 아무렇지 않았다. 창고에 있는 작은 박스까지 모두 내려놓고 나니 벌써 점심시간이었다.

오후가 되자 트럭에 짐을 싣고 인근에 새로 장만한 사무실로 짐을 옮기기 시작했다. 두 명씩 한 조를 이뤄서 타고 내리면서 이삿짐을 옮기다보니 어느덧 퇴근 시간이 다가오기 시작했다. 다섯 시면 일을 마치는 시각인데 이삼십 분은 족히 더 걸릴 일거리가 남아 있었다. 사장이 당황한 기색을 보이기 시작하더니 마무리를 해줄 수 있으면 좋겠다고 부탁을 했다. 나와 상진, 순덕이는 웃으면서 승낙을 했지만 김소창은 달랐다. 트럭에서 수납장을 내리면서 시계를 보더니 다섯 시 정각이 됐다고 소리를 쳤다. 그러더니 수납장에서 손을 떼고 훌쩍 현장을 빠져나가는 것이 아닌가. 내가 김소창을 불러 세웠지만 막무가내였다. 사장도 볼멘소리를 했지만 어쩌겠는가. 사실상 일을 한 시간은 늦게 시작했지만 다섯 시 퇴근이라는 이 업계의 불문율도 있었다. 우리는 서로 몰인정한 김소창을 욕하면서 일을 마무리했다. 맘씨 좋은 사장은 고맙다면서 우리 세 사람에게는 삼만 원씩 더 얹어 주었다.

평일보다 오만 원을 더 벌게 된 우리는 기분이 좋았다. 셋이서 삼겹살집에 들러 소주를 한잔 마시고 밖으로 나왔다. 이미 어둠이 내린 먹자골목에는 사람들이 어슬렁어슬렁 새로운 밤을 맞이하고 있었다. 역시 밤거리는 젊은이들의 거리인지 낮에는 눈을 씻고 봐도 이 동네에서는 보기 힘든 이십 대 아이들이 옹기종기 모여들고 있었다. 저들은 이제 시작이지만 나는 내일 새벽에 직업소개소에 나가야 하니 어서 집에 들어가 잠을 청해야 할 시간이다. 가만히 보니 어깨가 쩍 벌어지고 가슴팍이 딴딴해 보이는 아이들이 유난히 많아 보였다. 하지만 얼굴이 여자처럼 갸름하고 손이 고와 보이는 것이 힘은 못 쓸 것 같았다. 내가 저 아이들과 맞짱 뜬다면 서넛쯤은 거뜬히 집어던질 수도 있겠다 싶었다.

유쾌하게 걷던 상진과 순덕이 서둘러 집으로 향하고 나도 집을 향해서 골목을 돌아서던 순간이었다. 이십 대 사내아이들 서너 명이 나들가게에 붙여 놓은 게임기에 모여 뽑기를 하고 있었다. 가만히 다가가 보니 뽑기통 속에는 인형이 가득했다. 얼핏 보아도 귀여워 보이는 인형들이 갖가지 표정을 하고 있었다. '세상도 참, 이십 대 팔팔한 사내놈들이 겨우 인형 뽑기에 혈안이 되어 있다니!' 하는 생각이 들면서 속으로 코웃음이 나왔다. 그런데 퍼뜩, 집에서 아빠를 기다리고 있을 딸내미가 생각났다. 저 예쁜 인형 하나만 뽑아서 갖다주어야겠다는 생각이 들었다.

사내인지 기집애인지 모를 이십 대 녀석들이 인형을 하나씩 들고 자리를 훌쩍 떠나자 나는 재빨리 인형 뽑기 기계에 다가갔다. 그런데 잡힐 듯 말 듯하면서 인형이 자꾸만 미끄러지는 것 아닌가. 인형을 잡았던 갈고리가 구멍 근처까지는 잘 가는데 막상 바로 앞에 가면 슬그머니 인형을 놓아버리곤 했다. 분명히 아까 그 녀석들과 다름없이 버튼을 조작하고 있건만 기계가 내 말을 듣지 않는 게 정말 이상했다. 이놈의 기계는 벌써 내 돈 만 오천 원을 먹었는데 언제 그랬냐는 듯이 이상한 음악 소리를 내면서 돈 먹는 아가리를 쫙 벌리고 있는 것 아닌가. 나는 오기가 발동했다. 마지막이라 생각하면서 이번에는 만 원짜리 한 장을 집어넣었다. 그런데 제한된 시간은 어찌나 빨리 지나가는지, 블랙홀처럼 돈이 사라져버리는 것이 아닌가.

아무래도 이상했다. 얼굴이 화끈거리고 가슴이 벌렁벌렁

뛰었다. 내가 뭔가에 속고 있다는 생각도 들었다. 인형 뽑기 기계 뒤편에 있는 작은 벽돌이 보였다. 나는 얼른 집어서 기계 버튼 쪽을 향해 집어던졌다. 그런데 벽돌이 손에서 미끄러졌는지 나들가게 대형 유리창이 소리를 내고 말았다. 순간 가게 주인이 뛰쳐나오면서 소리를 질렀다. 나도 소리를 질렀다. 일부러 거기로 던진 게 아니라고, 인형 뽑기 기계에 던졌다고, 아무리 하소연 해도 여주인의 악다구니 속에 내 목소리가 묻혀버렸다. 나는 화가 머리끝까지 솟구쳐서 그 벽돌을 들어 인형 뽑기 기계를 향해 집어던졌다. 그 얄팍한 유리가 내 거센 힘에 눌려 박살나버리자 무서워졌는지 어쨌는지 주인은 가게로 쏙 들어갔다.

그때 옆에서 구경하던 어떤 취객이 내 팔을 잡으며 막아섰다. 그러잖아도 속이 부글부글 끓어오르던 나는 그 취객의 멱살을 잡아 집어던졌다. 이젠 멀찍이서 구경하고 있던 사람들까지 나를 빙 둘러쌌다. 그런데 그 취객도 만만찮았다. 말리는 사람을 왜 때리냐면서 또 달려들었다. 이번에는 육박전처럼 엉켜들었지만 내게 어림없는 일이었다. 이미 그 취객의 얼굴 한쪽에 피가 묻어 있었다. 그런데 이상했다. 내 몸이 순간 공중에 붕 뜨는가 싶더니 힘없이 아스콘 바닥에 엎어져 버렸다. 경찰이 얼마나 신속하게 달려왔는지, 내 어깨만큼도 안 되는 작달막한 체구의 경찰 한 명이 내 허리띠를 잡아당기면서 뒷다리를 살짝 밀어내는가 했는데 들소만 한 내 몸이 풍선이 돼버린 것이다. 뒤에서 수갑을 채우는 경찰이 변호사가 어쩌고 하면서 들리지 않는 말을 뱉어내는 순간에도, 나는 죄없다고, 모두가 저 잘못된 인형 뽑기 기계 탓이라고 소리를 질렀다. 하지만 내 입꼬리는 아스콘 바닥에 옆으로 짓눌려 자꾸만 발음이 새어 나왔고, 주변 사람들의 목소리는 점점 커져 아우성이 되어가고 있었다.

(발문)

소설까지 잘 쓰면 뭐 어때서

김종광 • 소설가

2,3년 전, 그러니까 코로나19가 맹위를 떨칠 때, 황선만 작가가 모처럼 전화해서는 운운했다. 그동안 썼던 소설을 묶어 소설집을 내고 싶은데 출판은 어떻게 하는 것이냐. 소설 문외한이나 할 수 있는 질문인 데다가 거시기까지 해서 대충 대답해주었다.

필자가 그의 소설을 우습게 여기며 한번 보여 달라고, 괜찮으면 출판사를 알아봐주겠다고 오지랖을 떨지 않은 것은, 그에 대한 오랜 시기, 질투 때문이기도 하겠지만, 그가 출판사가 내줄 만한 소설을 썼을 거라고는 전혀 기대하지 않았기 때문이다.

그가 내세울 만한 등단 경력이 없어 무시한 게 아니었다. 그가 쓴 에세이나 칼럼 몇 편을 읽어 문장력은 어느 정도 되는 사람이란 건 알고 있었다. 하지만 소설은 에세이나 칼럼과 차원이 다른 글쓰기다. 내가 그의 소설을 읽어볼 염도 없이 코웃음 친 것은 그가 에세이는 쓸 수 있어도 그럴듯한 소설까지 쓸 수는 없을 만큼 다방면으로 분주한 인물이기 때문이었다.

황선만은 팔방미인이다. 여기서 미인은 여자가 아니라 튀는 사람이란 뜻이다.

그가 20년 넘게 지속, 발전시켜 온 본업부터가 한마디로 정리할 수 없을 만큼 다채로웠다. 그의 본업은 억지로 단순화하자면 '다양한 어린이 재능 교육 계발사업'쯤 될 테다. 20년 간 사업의 형태가 변화, 발전, 확장해 왔는데 솔직히 필자는 설명을 자주 들었지만 제대로 이해한 적은 없다. 정확히 얼마나 버는지 모르겠지만—그와 더불어 불쌍한 청년 시절을 보낸 내 눈엔 지역 재벌급의 성공으로 보이는데—그의 겸양을 믿고 사업장 혹은 작업장을 직접 보니 알토란 소기업급 정도밖에 안 되는 듯하다. 하여간 사업가다. 필자 같은 반백수 작가는 상상도 못 할 만큼 분주한 사람이다.

현란한 것은 기타 경력이다.

그가 시민정치 활동에 앞장선 건 아니지만, 보령시의 시민 정치 활동을 주도했던 여러 조직과 단체에서 핵심 일꾼으로 활약했다. 시청 앞에서 벌인 단체, 단독 시위만 따져도 횟수를 헤아리기 벅차다. 당연히 이런 인물을 지역 정치권에서 그냥 놔둘 리가 없는데, 그는 지역 제도권 정치에 나설 생각이 없음을 언젠가 공개적으로 단호히 맹세했다고 한다.

우리 보령이 낳은 대문호 명천 이문구 선생님을 기리는 일에도 큰 기여를 했다. 아무것도 없는 것이나 마찬가지였던 「관촌수필」의 무대 '관촌'을 멀리서 찾아오는 사람들이, 뭘 해놓긴 해놓았군 하며 산책하듯이 볼 만한 모양새로 조성하는 데 결정적인 역할을 했다. 그밖에도 이문구 선생님을 기리는 다양한 활동을 전개해 왔다. 지역 정치인과 문학인을 신뢰하지 않는 유가족이 그에게 이문구 선생님의 유품과도 같은 책들을 맡겼을 정도다. 이문구 선생님을 기리는 사업이든 작은 도서관이든 뭔가가 보령 지역에 이루어진다면 그의 역량과 그의 노력 때문일 것이다.

지역 사회의 문화에 대해서도 예민하여 보령의 갯벌, 숲, 유적, 문화재, 마을 등을 알리는 데 오랜 사업과 활동을 펼쳤다. 필자가 아는 것만 얘기해보자. 보령 지역을 기반으로 자연 생태 연구가, 탐구가, 해설가로 활약했다. 훌륭한 '마지막 유림' 분들과 보령의 산과 들을 헤매며 비석을 찾아다녔다. 마을과 마을 사람들의 이야기를 담는 작업에도 적극 참여하여 두 권의 저서가 있다. 그의 지역에 대한 사랑과 헌신과 연구와 노력을 인정받아 보령 시내 대천천 지역의 문화 계승·계발 사업을 총괄하는 무슨 무슨 위원장으로 4년간 봉직하며 무려 시청에서 월급을 받았다. 시민단체의 선봉 일꾼으로 시청과 다투기도 많이 했던 그이기에 엉뚱한 오해를 하는 이도 있었던 듯하다. 그는 세간의 눈을 의식하지 않고 국가의 돈이 올바르게 쓰이도록 충실히 조율함으로써 자신의 본분을 다했다.

언론인이기도 했다. 오래전 지역 신문의 기자로 일했었으며 이후에도 필요할 때마다 객원기자의 예봉을 자랑했다. 보령 지역을 넘어 충남권으로 봉사한 적도 있다. 정말로 봉사직이라고 말할 수밖에 없는 충남작가회의 사무국장을 역임했다. 이외에도 공익적이며 이타적인 활동을 상당히 했었고 하는 중이다. 와중에 이러저러한 여행도 상당히 다니는 편이었다. 또 효자까지는 아니더라도 어머님께 자랑스러운 아들이었고 ─ 그의 어머님이 이 소설집을 보고 돌아가셨으면 얼마나 좋았을까 ─ 자식을 셋이나 두고 잘 키운 애국자였다.

황선만이 어떤 사람인지 대충만, 필자가 아는 선에서, 적어

보려고 했는데, 이다지도 길게 적게 될 줄은 몰랐다.

아무튼 위와 같이, 황선만은 사방팔방으로 인상적인, 정열적인, 괄목할 만한 활동을 펼쳐 온 사람이다. 필자는 팔방미인은 모든 걸 잘해도 딱 하나 잘할 수 없는 것이 소설 쓰기라고 믿는다. 소설 쓰기가 특별히 위대한 일임을 주장하려는 게 아니다.

소설을 쓰려면 무엇보다 시간이 필요하다. 쓰는 시간만 필요한 게 아니다. 퇴고하는 시간도 필요하다. 소설 쓰기 또한 모든 일과 마찬가지로 끈질긴 훈련이 병행되어야 한다. 끈질기게 쓰지는 않더라도 최소한 끈질기게 읽는 일상을 살아야 한다. 팔방으로 튀는 사람이 소설 읽을 시간이 어디 있으며 소설 쓸 시간이 언제 있겠느냐 말이다. 설령 쓰더라도 바쁘신 분이 소설 비스무리하게 낙서를 하셨네, 정도겠지. 황선만의 첫 소설집은 필자의 고정관념을 파괴했다.

「준법정신」은 파렴치한 시골 노인의 이야기다. 도시 사람들은 향수와 미디어 중독으로 인해 '시골을 인정 많은 사람들만 사는 곳, 시골 노인들은 성인군자'로 여기는 경향이 있다. 시골도 도시와 마찬가지로 사람이 사는 곳이다. 「준법정신」의 주인공인 노인 김정수는 시골 소설에서 거의 나오지 않았던

캐릭터다. 자신의 땅 자투리를 농토로 만들기 위해 이웃집의 통행로를 막아버리는 이기적인 사람이다. 그와 그의 자식의 뻔뻔한 자기합리화와 파렴치한 행동을 통해 시골의 사실적인 일면을 고발하고 풍자한다.

표제작 「내가 뭐 어때서」는 지방 행정 사업의 이모저모를 기록하고 고발한다. 아무런 연고도 없는 산촌 마을에 귀촌한 성호는 마을 토박이 — 마지막 광부인 영덕과 달수 — 들을 도와 마을협동조합 조직에 기여한다. 석탄산업합리화로 탄광들이 문을 닫고 쇠락해진 마을 사람들을 모아 탄광촌의 과거를 기리고 미래를 도모하는 지역 사업에 브레인 역할을 한 것이다. 낭만적으로 진행되던 이야기는 시골 사람들의 배신으로 반전한다.

「도둑의 조건」은 화단에 심어놓았던 문그로우 화분을 찾아다니는 중년 부부 이야기다. 도둑은 존재하지 않는 곳으로 알려진 시골 마을에 화분 도둑이라니. 지방 도시 시내 근교 마을에 사는 이들의 다양한 세태를 은근하게 그려냈다. 농촌 예능프로그램에서 보는 것과 아주 다른 진짜 시골을 만끽할 수 있다.

「노인을 찾아서」는 어린이 과외 교육을 하는 여성이 주차장에 내려놓았던 교육 기자재를 고물인 줄 알고 집어간 노인을 경찰과 함께 찾아다니는 얘기다. 사소하고 별 볼 일 없는 것을 추적해 나가는 진지한 경찰들의 모습이 우스꽝스럽다. 열심히 살아간다는 것에 대한 유쾌한 알레고리일 수도 있겠다.

「김 사장」은 지방 도시 시내 먹자골목에서 퓨전 횟집 '그리운 바다'를 운영하는 김 사장이 코로나19로 힘들지만 인내하는 이야기다. 벌써 '전설의 고향'처럼 느껴지는 팬데믹 시대의 불황이 생생하다. 와중에도 급수가 다르게 성황인 친구의 가게를 견주어 자본주의의 보이지 않는 계급 문제를 상기한다.

「주연 배우」는 초등학교 자모회 구성 협의 모습을 연극처럼 보여준다. 엄마들 사회의 숨 막힐 듯한 위계질서가 흥미롭게 드러난다. 이 자모회가 지방 제도권 정치와 밀접히 연결된 정황까지 촘촘히 고발한다.

이상의 여섯 편은 '지방 도시 근교(시내권) 사람들의 세태해학 풍자극 6부작'이라 할 만하다. 필자가 대략 적은 줄거리로서는 알 수 없고 직접 읽어보아야만 재미(해학과 풍자)를 만끽할 수 있다. 우선 삶의 현장에서 포착한 생생한 이야기다. 그 삶의 현장이 텔레비전 농촌 예능프로그램에서도 잘 볼 수 없는 시내 근교 마을이다. 등장인물들이 꽤 신선하고 그 등장인물들이 겪는 사건은 진지하지만 웃음이 쿡쿡 나올 정도로 사소하고 엉뚱하다. 모든 작품에 사회고발 의지와 아울러 열심히 살아가는 촌사람에 대한 애정이 각별하다. 더욱이 거의 모든 작품에 반전이 있다. 물론 이문구, 김성동, 최시한, 이혜경 등의 대작가를 배출한 보령 고장의 후예답게 방언 구사도 일품이지만, 정제되고 서정적인 문장도 유려하다. 그의 칼럼이나 에세이를 읽을 때는 상상도 못 했던 깔끔하며 울림 있는 문장이다.

「해 뜨는 집」, 「우정의 거처」는 일종의 학생운동권 후일담 소설로 8,90년대 학생운동에 참여했던 이들이 과거를 회상하고 반추하며 수십 년이 지나서도 이렇게 저렇게 상종하는 이야기다. 「너무나 오래된 책」은 대기업에 가까운 회사에 다니는 본부장의 회한을 담은 미니 픽션이다. 작가가 자선 대표작으로 꼽은 소설은 의외로 「인형 뽑기」라는 짧디짧은 작품이었다. 그런데 솔직히 왜 그렇게 생각하는지 모르겠다. 젊은 가장이 술에 취해 인형 뽑기를 하다가 광분한다. 인형 기계를 벽돌로 박살 내며 난동을 부리다가 경찰에 끌려간다. 필자는 전체적으로 딱 '인형 뽑기' 정도의 소설일 거라고 예상했다. 물론 네 작품도 읽을 만하다. 문제는 '근교 6부작'이 소품 네 편과는 같은 책으로 묶기 민망할 만큼 뛰어나다는 것이다.

필자는 도무지 믿을 수 없어 작가에게 물었다. 도대체 소설을 언제 어떻게 몇 시간이나 썼는가?

쓰고 싶은 이야기를 오래오래 구상했다. (그의 소설은 대개 충남작가회의 기관지 『작가마루』에 발표되었는데) 마감을 앞두고 주말에 시간을 내었다. 관여하는 모든 일과 가족으로부터 연락 두절 상태를 조성한 다음 이틀 동안 죽도록 열심히 썼다.

퇴고는 며칠이나?

하도 시간이 없어서 퇴고도 하루 정도 죽도록 열심히.

작가에 대하여 예의를 지키고자 했던 필자는 외치고 말았다. 천재라는 거네!

그러자 작가는 자기가 천재가 아님을 증명하는 이야기를 길게, 느리게, 자세히 이야기해주었다. 그의 말을 잘라먹기로 유명한 필자는 예의 상 끝까지 들어주려고 애썼다.

(처음 듣는 얘기 같기도 하고 들었지만 귀담아듣지 않았던 얘기인 듯도 싶은데) 그는 청소년 시절부터 일기를 꾸준히 썼다. 그가 지금까지 쓴 일기책이 방 한구석을 꽉 채우고 있단다. 소설 쓰기 훈련은 아니더라도 글쓰기 훈련을 수십 년째 해 왔다는 거다.

또 오랜 세월 기자였지 않느냐. 사실 첫 번째나 두 번째 쓴 작품으로 당선되는 이가 꽤 있는데 그런 분들의 대부분이 기자 출신이다. 소설 문장이 크게 별다를 거라고 생각하는 이들이 있지만, 소설 문장도 기사문과 진배없다. 그 유명한 육하원칙을 준수하면 일단 정확하고 구체적인 문장이 된다. 소설 문장도 일단 정확하고 구체적이어야 한다.

게다가 (처음 듣는 이야기인데) 문학 관련 단체, 조직 활동을 하고 마을 사람들에게 자서전을 쓰게 하고 그것을 돕다 보니 이러저러하게 교정, 교열 경험이 있고 맞춤법 강의를 상당히 했다. 문장을 편집하고 가르친 사람이니 이 정도 문장은 쓰는 게 당연하다는 거다.

그리고 소설을 쓰려면 반드시 수반되어야 할 바탕이 있다. 한국소설을 꾸준히 읽었어야 한다는 것. 소설을 읽어야 소설적 문장을 잘 쓸 수 있고 구성을 잘 갖출 수 있으니까. 그가 책좀 읽은 사람이라는 건 알고 있었지만 소설까지 그토록 많이 읽었다는 걸 비로소 알았다.

정리하자면, 일기, 칼럼 등을 수십 년간 기사문 형태로 꾸준히 써 왔고, 소설도 많이 읽어서 짜임새나 소설식 문장에도 훈련이 되어 있는 상태였다. 그런 기본 능력을 갖춘 사람이 늘 소설 쓸 생각을 하다가, (그분이 오신 상태에서) 초집중하여 1박 2일 만에 썼더니, 더 고칠 것도 없는 작품이 나왔다.

좋습니다. 문장에 대해선 인정할게요. 하지만 구성이 좋아도 너무 좋은데?

그랬더니 소설 구성에 대해서도 공부와 연구를 많이 했다는 얘기를 또 길게 하려고 들어서 필자는 인정하고 말았다. 인정! 형은 천재가 아니고 노력한 사람이오. 그런데 하나만 더 물읍시다. 나는 형 개인적 이야기가 상당히 있을 줄 짐작했거든. 학생운동하던 선후배들이랑 술 마시는 얘기 말고는 없네. 파란만장했던 성장기, 보령에 살면서 돈 벌고 처자랑 아옹다옹한 얘기는 왜 없는 거요?

한참 대답을 하는데, 아직 개인적 체험을 제대로 쓸 준비가 안 되었다는 얘기 같았다. 흠, 겸손하기까지….

황선만 소설이 보통이 아님을 알아본 이정록 시인이 주선하고, 훌륭한 소설을 상당히 출판한 삶창의 대표이자 편집장인 황규관 시인의 마음에도 들어, 삶창에서 나오게 된 황선만의 첫 소설책에 대해 필자가 이런 글을 쓰게 될 줄은 정말 몰랐다.

작가에게 형이 추천했냐고 했더니 황규관 시인의 생각이란다. 평론가의 해설보다, 완전 무명작가의 첫 소설집이니, 작가를 좀 아는 사람이 발문으로 쓰는 것이 낫지 않겠느냐고.

읽어보지 않은 상태로 써보겠다고 하고, 읽어본 다음에는 이 정도로 괜찮다면 평론가가 해설로 쓰는 게 낫지 않을까도 싶었다. 결국 작가를 좀 안다고 생각했지만 사실 아는 게 거의 없었던 필자가 쓰는 것이 판매에는 좀 더 도움이 되지 않을까 싶어, 그간 작가에게 얻어 마신 술값을 조금 갚는다는 깜냥으로 이렇게 쓰고 말았다. 해설이든 발문이든 그게 무슨 상관인가. 중요한 것은 작가의 작품이다.

필자는 황선만의 첫 소설집을 읽는 내내 이런 생각을 했다. 이건 너무 하잖아, 재주 많은 사람이 소설까지 잘 쓰면 안 되는 거잖아, 나처럼 재주 없는 사람의 밥그릇까지 빼앗으려고 해.

그렇지만 한편으로 너무 기뻤다. 필자는 소설이라는 종교의 신봉자다. 좋은 소설이 저 하늘의 별처럼 많이 나와야, 그것이 읽히든 소외되든, 사람들이 서로 존중하고 배려하고 사랑하는 마음이 유지될 것이고, 그래야 우리 인류는 동물의 왕국으로 전락하지 않고 사람 사회를 유지할 수 있다고 믿기 때문이다.

황선만의『내가 뭐 어때서』는 좋은 소설집이다. 인류의 생존을 지키는 반딧불이 같은 책이다. 장래 집필 계획을 물으니, 있었다. 보통 있는 게 아니라 장대하게 있었다. 그의 포부대로 쓸 수만 있다면 이 소설집의 성과로 미루어 짐작하건대 더욱 좋은 소설을 만날 수 있을 듯하다. 그가 과연 쓸 수 있을까. 앞으로도 계속 분주할 사람이? 하지만 벌써부터 그의 다음 소설이 기다려진다.

작가의 말

　기차역 대합실에 홀로 우두커니 앉아 있는 것을 좋아한다. 그래서 출발 시각보다 한참 일찍 기차역에 도착하게 되면 기분이 너무 좋다. 간혹 허겁지겁 달려갔으나 기차를 놓칠 때가 있는데, 처음엔 당황스럽지만 이내 침착해진다. 다음 열차를 기다리는 동안 시간을 벌었다고 생각하면 슬며시 웃음도 나온다. 누구와 대화할 일도 없으며 알 만한 누군가를 만날 가능성도 거의 없으니 명상 시간 비슷한 기운을 느낀다.

　좀 불편하긴 해도 대합실 의자에 비스듬히 앉아 몸을 요동하지 않고 눈동자만 이리저리 굴린다. 헐레벌떡 날쌘돌이처럼 개찰구를 들어가는 사람도 더러 있지만 대체로 발걸음이 느릿느릿하다. 자신이 탑승할 차량은 아직 도착하지 않았고 본인은 미리 준비됐으니 급할 게 없기 때문이다. 내 눈빛은 어느덧 사람들의 표정, 옷 맵씨, 가방이나 들고 있는 물건 꾸러미를 향한다. 모두 다르지만 어찌 보면 비슷비슷하다. 무언가 결의에 차서 어깨에 힘을 단단히 준 사람도 보이고, 고단한 일정을 마치고 지친 몸으로 돌아갈 집을 향하는 사람도 보인다. 언제나 떠나는 사람과 오는 사람이 교차하는 대합실 사람들은 대체로 입술을 꼭 다문 채 걷는데, 비장미가 감지되는 사람도 보이고 세상 짐을 버거워 하는 이도 지나간다. 나는 계속해서 행인들의 삶 속에 담겨 있을 이야기들을 찾아간다. 그들에게 직접 물어볼 수 없으니 내 상상은 한동안 계속된다. 삶에서 어떤 기쁨이, 슬픔이, 환호가 있는지 궁금하다.

　내가 기차역보다 더 좋아하는 곳이 있다면 시골 오일장이다. 시골 전통시장에 하나같이 찬바람 쌩쌩 불지만 장날은 제법 사람들이 움직인다. 오일장은 대화와 소통의 장소다. 끊임없이 말하고 흥정하고 이리저리 분주한 사람들로 가득하다. 그래서 나는 오일장의 장꾼이 되는 것을 즐거한다. 오일장을 장거리답게 해주는 대표 주자는 난전이다. 난전이 없는 오일장은 없다. 난전이 많다면 그 오일장은 큰 장터라 불린다.

어릴 적에 어머니도 난전을 펼치곤 하셨다. 머위나 고구마 줄기 삶은 것을 조그만 그릇에 담아 왼쪽에 놓았다면, 옥수수나 깻잎 따위를 오른쪽에 놓는 식이었다. 가을이면 고구마를 삶아서 오일장을 찾았다. 그런데 고구마를 담은 대야는 너무 무거워서 어머니 혼자 머리에 이고 갈 수가 없었다. 그래서 초등학교 5학년 무렵부터 고구마 심부름을 도맡아야 했다. 자전거 뒷자리에 좀 널찍한 판자를 깔고 그 위에 대야를 올리면 비교적 안정적으로 짐을 실을 수 있었다. 아, 내 자전거는 받침대를 옆으로 빼서 기우뚱하게 세우는 방식이 아니라, 뒷바퀴를 양쪽에서 바르게 받쳐줄 수 있도록 개조한 '짐자전거'라는 형태였다. 나는 좀 창피하기도 했지만 심부름을 위해서는 어쩔 수 없었다.

자전거 뒤에 고구마를 싣고 운전하는 것이 위험천만하지만 내 기억에 단 한번도 넘어진 적은 없었다. 내가 넘어진다면 그날 어머니의 고구마 장사가 어떻게 되었겠는가. 나는 정신을 바짝 차리지 않을 수 없었다. 자전거를 빨리 달릴 수도 없었다. 어머니에게 삶은 고구마는 다 같은 고구마가 아니었다. 크기별로 빛깔별로 구분했고, 상처 난 것과 상처 나지 않은 것을 나누어서 가격을 매겼다. 그래서 항상 자전거를 천천히 운전하라고 이르곤 하셨다. 쿨럭쿨럭 운전해서 삶은 고구마가 움직이게 되면 붉은 껍질이 벗겨져서 값이 떨어지기 때문이었다.

어머니의 단골 자리는 시내에 새로 생긴 빵집과 약국 사이쯤 되는 곳이었다. 고급스러워 보이는 빵집 바로 앞에 자리를 튼다면 훨씬 편하고 깔끔했겠지만, 빵집 주인은 출입문 주위에 난전을 허락하지 않았기 때문에 약간 어정쩡한 위치에 앉을 수밖에 없었다. 어머니가 고구마 장사를 나가시는 날은 나도 더불어 아침 일찍 움직여야만 했다. 일찍 나가서 자리를 잡아야 했기 때문이었다. 그렇게 일찍 나가서 어머니를 기다리다 보면 자연스럽게 시장 구경이 시작된다. 자리 싸움은 기본이고 흥정이 싸움이 되기도 했었다. 그때부터였나보다. 왁자지껄한 오일장에서 내가 사람들의 표정과 몸짓을 관찰하기 시작한 것은.

기차역 대합실이나 시골 오일장은 품이 넓다. 그곳에는 참으로 많은 사람들이 머문다. 선거 때면 정치인들이 가장 좋아하는 곳이 기차역이나 오일장이고, 젊은 부부가 가끔 아이들 데리고 이색 여행을 하는 곳이기도 하다. 또 장날이면 관성처럼 장터로 나가는 어르신들이 아직도 많다. 그만큼 장터나 대합실에는 많은 이야기가 담겨 있다. 패자와 승자가 뒤섞여 있지만 가장 인간적인 표정이 웅성대는 곳이다. 어린 시절 내 사색이 시작되었고 생각의 물줄기를 길어 올릴 마중물이 아직도 가득한 곳이 바로 그곳이다. 그곳에서 길어 올린 날것 그대로의 글을 쓰고 싶다. 아프지만 유쾌하고, 슬프되 비겁하지 않은 글로 당대인들과 동행하고 싶다. 그래서 우리 서로 가장 따스한 표정으로 마주하고 싶다.

2023년 가을 풍경을 마주하며, 황선만.

내가 뭐 어때서

초판 1쇄 발행 2023년 10월 25일

지은이 황선만
펴낸이 황규관

펴낸곳 (주)삶창
출판등록 2010년 11월 30일 제2010-000168호
주소 04149 서울시 마포구 대흥로 84-6, 302호
전화 02-848-3097
팩스 02-848-3094
전자우편 전자우편 grleaf@hanmail.net

ISBN 978-89-6655-167-5 03810

＊이 도서는 2023년 충청남도, 충남문화관광재단의 후원으로 간행되었습니다.